이팝

친구들자테

 밥 한 끼 거르모 안되는 토종 한국인인데 외국으로 돌아 댕길 팔잔동 그 동안 욕 마이 무따 아이가. 나므 나라 있는기 서글프모 외로버가 눈물 질질 짜고야. 천지를 모르고 띠 댕기던 얼라 때 젤 행복 안 했긋나. 집엔 은제 갈지도 모리고 저짜서 일본말인데 갱상도 사투린가 획 고개 돌려보모 아 여가 한국이 아이였제 실감이 나가 더 슬픈기라.
 갱상도 말은 억양도 시고, 독특한 단어도 만코, 정구지가 문지 아나, 쫌- 요런 한마디면 거 머 다 통하는 거 알제. 애교 없고 무뚝뚝해도 뚝심있다 아이가. 뒤끝 없이 솔직하고 머 좀 우스븐기 매력이제.
 KTX타면 포항서 서울까지 두 시간 반에 끊는 시대에 먼 사투리가 의미있나 싶다가도 실컷 사투리 씨다가 어디서 전화 오면 서울말로 확 바까가 말하는 기 현실아이가. 와, 좀 부끄럽나, 촌스럽게 빌까봐 걱정이가. 가가 가가를 표준어로 씨모 그 맛이 사나 함 물아보고 싶노.
 <애린 왕자>는 골목 띠 댕기믄서 흙 같이 파묵던 시절 그리버가 같이 놀던 얼라들 기억할라꼬 내가 다시 써봤다. 두둥실 정겨븐 이 말, 이 사투리 이기 바로 내 친구들 그 자체다. 세월에 자꾸 열버지는 내 동심은 쪼매 달랐던 기지 이기 서울말 아니라고 틀린 거는 아이자나. 그 때 마카다 순진하이 같이 논다고 욕 본 얼라들 하고 인자 지 얼라들 키운다고 욕보는 내 귀여븐 친구들한테 이 책을 줄라고.

최현애가

애린 왕자

내사 마 가가 철새를 따라 지 별에서 나온기라 생각칸다.

앙투안 드 생텍쥐페리 지음

애린 왕자

저자의 삽화캉

갱상도 사투리 각색
최현애

도서출판 이팝
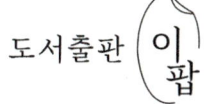

널븐 맘으로 이 책을 출판할 수 있그로 도아준 친구들자테 참 감사드립니데이.

Made in Pohang, Korea : 포항에서 만들었지예.

발행일 2025년 5월 1일 1판 10쇄
지은이 앙투안 드 생텍쥐페리
옮긴이 최현애
감　수 김일광, 박창원, 이상규
발행처 도서출판 이팝
이메일 ipapbooks@gmail.com

<애린 왕자> 원문과 삽화 저작권은 독일 틴텐파스 (Tintesfass) 출판사에서 관리하며, 국내 저작권 및 판권은 각각 역자인 최현애와 도서출판 이팝에 있습니다.

저작권법에 의해 본 저작물의 무단전제와 무단복제 및 사전협의 없는 사용을 금합니다.

ISBN 979-11-971822-0-4

레옹 베르트자테

 내가 이 책을 으른이 읽또록 만들어가마 얼라들한테 용서를 빈다. 내한테는 그럴 사정이 하나 있그등. 내가 이 시상에서 사긴 젤로 훌륭한 친구가 바로 이 으른이라 카는데. 또 다린 사정도 쫌 이따. 이 으른은 전신에 얼라들 보라꼬 쓴 책도 이해할 쭐 안다는 기다. 시 번째 사정도 있눈데. 이 으른은 지금 프랑스에 산다쿠데, 거서 굴므면서 추비에 떨고 있다 안카나. 가를 위로해 주야 한다. 이런 모든 사정으로도 부족하다모, 인자 마 으른이 데뿟랬는 옛날 얼라에게 이 책을 바치고 싶데이. 으른들도 원래는 마카 다 얼라였제. (군데 그거를 기억하는 으른들이 밸로 엄따.) 그래가 나는 헌사를 요래 고칠라꼬.

     얼라 때 레옹 베르트자테

1.

 나는 보아뱀이라 카능 기 정글에서 젤로 무서븐 기라꼬 생각했데이. 여섯 살 땐가 한 번은 <체험담>이라 카는 책을 읽았는데 보아뱀이 지보다 더 큰 짐승을 꿈적기리지도 모하게 또아리를 틀어가 꽉 잡아 놓고 입을 쩍 벌리고 있는 그림을 봤다 아이가. 조 우에 그림 있제. 저거데이.

 책에 보마 보아뱀이 잡은 거는 안 씹아묵고 통째로 삼킨다 카데, 그라믄 배가 불러나띠 몸은 몬 움직이고 소화될 때까지 반 년을 들누바가 잠만 잔다카이 머 이린 기 있나 싶어가

색연필 들고 생각해 보이까 딱 요래 안 그려지겠나. 내 첫 작품이데이.

그림 자랑이 너무 하고 싶아가 으른들자테 비주고 안 무섭 닝교라고 물으니까 모자가 머가 무섭노 카능기라. 나는 모자 기린 게 아이고 코끼리 묵아가 소화시킬라꼬 누바 있는 뱀 기린긴데. 안되겠다 싶아가 다시 기려뿌짜나. 요게 밑에 그림 아이겠나.

더 허패 디비끼는 기는 으른들이 속 비는 기나 안 비는 기나 보아뱀은 고마 치아뿌고 국영수 중심으로 공부하라카데. 이래가 내가 여섯 살 묵고 화가는 몬 되겠다 포기해뿟제. 다 커가 으른인데도 혼자 이해도 몬하고 있으모 그때그때 설명해주기도 참 디다카이. 그래가 뱅기 운전하는 거 안 배았나. 세계 구경하고 여기저기 마이도 돌아댕겠지, 그라고 지리 공부는 참 잘했다 싶은 게, 한 번 쓱 보모 중국하고 미국 애리조나는 곰방 구별이 되는기라. 밤에 길 잃으모 우짜꼬 걱정했는데 배아가 남 주는 기 하나도 없다 싶응기라. 살아오문서 진지하다카는 사람들 억수로 마이 만났데이. 으른들이 마, 우에 사는 지 다 밨는 기라, 그러타꼬 내 생각이 달라지겠나.

좀 똑똑해 빈다 싶으모 가지고 댕겼던 처음 기린 그림 꺼내가 알아보나 몬 알아보나 시험해 보능데, 마카다 모자란다. 진짜 모자라나 싶다. 내도 입 꾹 닫아삔다. 원시림, 별 이바구 해가 뭔 소용있겠노 싶아가. 그라다가 알아묵겠다 싶은 카드놀이나 골프, 정치, 넥타이 이바구나 하능기지. 그라믄 그 으른은 내보고 분별있구마 카믄서 좋아 하는 기라.

2.

 속 이바구할 인간도 없제, 일 이바구 밖에 할 게 더 있긋나. 육 년 전에 뱅기 몰다가 사하라 사막에 떨어져뿟지. 모다에 머가 나간기라. 기관사가 있나 손님이 있었긋나 수리할라믄 내 혼자 옥 바야지 별 수 있긋나. 가진 물로까 일주일 겨우 버틸랑가 싶았제. 첫날은 복새 우에 누바가 잤지. 사람 코빼기도 안 비는 허허벌판 사막에 있다보이 바다 가분데서 뗏목타고 둥둥 흘러가는 난파선 우에 뱃사람보다 훨씬 외 로븐기라. 어슴푸레 해 뜰 때쯤 됐을랑가 웬 얼라가 낼 깨아가 시껍했다아이가.
　"저기…… 양 한 마리만 기레도."
　"뭐라카노."
　"양 한 마리만 기레달라캤는데."

마 뒷골이 서늘한기라. 그 때 눈을 실 떠보니까 쪼매난 아가 내를 뚤바져라 보고 있데. 여그 초상화 있데이, 내가 봐도 이 그림이 모델로 기린 것 중에 젤로 개안은 기다. 근데 그림이 그 얼라맹키로 멋있을라카믄 아직 한참 멀었데이. 알겠지만도 그건 내 잘못 아이다. 내 여섯 살 묵고 어른들 때메 기가 죽어가 화가가 몬 됐제, 그려본 게 속 들바다 비고 안 비는 보아뱀 밖에 더 있나.

아무튼가네 나도 놀래가 눈 뿔시모 안 쳐다봤겠나. 분미 여는 마을서도 수 만리 떨어진 덴데 야는 길 잃은 아 맹키로도 안 비고 디 비지도 않고 배 골은 아로도 안 비고 목말라 비지도 않은 게 아가 겁도 안 묵고 희한한기라. 사막 한 가분데 길 잃은 얼라가 아인기라. 기운 내가 겨우 입 띠고 이래 물았지.

"구란데…… 니는 거서 뭐하노?"

근데 야가 심각하게 또 같은 말을 다시 하는 기라.

"저기…… 양 한 마리만 기레도……"

기가 맥헤도 이게 쎈 느낌을 주모 감히 거절을 몬하는기라. 그래가 사막 한 가분데 저승사자가 눈 앞에서 손짓하는 판국에 참말로 멍충한 짓거린가 싶다가도, 호주미에 종이캉 만년필 꺼냈다 아이가. 그란데 내가 뭐 공부한기 고작 지리, 역사, 산수캉 문법이라가 (쪼매 승질이 올라오데) 얼라한테 그림 기릴 줄 모린다카이 내한테.

"갠찮다. 양 한 마리만 기레도." 라 안카나. 내사 양을 한 번도 그레 본 적도 엄꼬 내가 기릴 수 있는 그림이 딱 두 개 아이가. 속 안 비는 보아뱀 기레주이까 그 얼라가 이래 답하는기라.

"아니, 아니. 보아뱀 안에 코끼리는 실타마. 보아뱀은

내가 기릴 수 있는 가 초상환데, 이기 최선이다.

"위험코 코끼리는 억수로 은슨시러버가. 내 사는 데는 쪼매해가 양이 갖고 시픈데. 양 한 마리만 그레도."

그래가 양을 요래 기맀따. 얼라가 한참을 살펴보디 이카는 기라.

"아니! 이기는 하마 비실대모 병들았네. 따른 걸로 하나 기레도."

나는 요 그림을 기맀지.
친구는 배시시 웃으면서, 너그럽구로 말하는 기라

"참말로…… 이게 아니라 카이. 이기 숫양인데 뿔이 있어가……"

그래가 나는 요 그림을 기맀지. 구란데 요거도 앞에 거 믄즈로 퇴짜를 안 놓겠나.

"요고는 너무 늙았자나. 나는 오래 살 양이 필요한데."

그 때 나는 모다를 우에 분해할 지 급해가 몬 참고 아물따나 쓱 그어대띠, 그게 요런기라. 그라고 그림 던져주고 이랬제.

"요게 상자데이. 니가 갖고 싶어 하는 양은 고 안에 들어 있는기라."

그란데 놀랍게도 얼라 감독관 얼굴이 밝아지더라고.
"내가 원하는 기 바로 이기다! 양 먹일라카믄 풀이 많이 있어야 하나?"

"그게 와 걱정인데?"
"내 사는 데가 억수로 쪼맨해가."

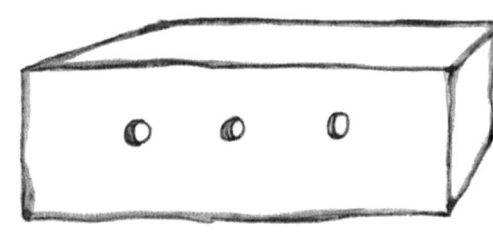

"아마 충분할 낀데. 내가 기린 기 아주 쪼매난 양이다."
일라가 고개를 숙이니 그림을 들바다보데.
"그마이 쪼맨하지도 않은데…… 요고 보래이! 잠 들았노……"
내는 이래가 애린 왕자를 알았따.

3.

가가 어데서 왔는지 아는 데 한참 걸릿는데, 지는 질문 막 하믄서 내 질문은 귀담아 듣지도 안테. 어찌어찌 들은 말을 모아보이 차차 알겠더라고.
예를 들몬, 맨 첨에 내 뱅기를 보두만 내한테 이래 묻는기라.

"이 물건은 머고?"
"이기 물건이 아이고 날라댕기는 긴데, 내 뱅기다."

날아댕긴다는 거를 갈켜주이 마 내가 머가 된 거 맨키로 으쓱해지데. 그라더이 가가 큰 소리로 외치데.
"와, 아재가 하늘에서 떨어졌다고?" "구래."
내는 진지하게 대답했는데
"와, 그거 참 웃기데이……"

그라고 애린 왕자가 웃음을 빵 터트렸는데 나는 쫌 열불이 나데. 내 딴에는 지금 내 상황이 심각한 기로 빘으면싶았는데. 가가 쫌 있디 이래 묻는기라.
 "그라믄 아재도 하늘에서 왔네! 어느 별에서 왔노?"
 듣자마자 가가 누군동 풀리지 않는 수수께끼를 푸는 데 빛이 번쩍 비추는 거 같아서 내도 이래 물었지.
 "그라믄 니는 다른 별에서 왔나?"
 대답은 안코 내 뱅기를 보믄서 고개만 까딱카데.
 "글켓지. 저걸 타고 그래 먼 데서 여꺼정 우에 왔을라고……"
 그라고 오랫동안 먼 생각을 하드만 호주미에 양 그림을 꺼내디 고 보물을 뚤버져라 들바다 보데.
 슬쩍 <다린 별> 얘기를 하다말고 관두이 내가 얼마나 애가 타든 동 여러분들도 짐작했을끼라. 그래가 나는 쫌 더 깊숙이 알라볼라 애썼데이.
 "야야, 니는 어디서 왔노? <니가 사는 데>가 어디고? 내 양을 얼로 델꼬 갈라 하노?"
 오랫동안 먼생각을 한다고 말이 없더이 이래 답하데.
 "잘 됐데이. 아재가 준 상자요, 밤이면 양 울타리가 될 수 있겠더라고."
 "맞데이, 그라고 니가 말 잘 들으모, 낮에는 양 묶아둘 수 있는 이까리도 하나 줄꾸마. 말띠기도 주께."
 이래 제안했는데 쫌 놀란 눈친기라.
 "묶아둔다고? 참 희한하데이."
 "안 묶으모 여그저그 돌아댕기다 길 잃가뿔낀데."
 그 말에 가가 다시 웃는기라.
 "아니, 가긴 얼로 간다는 기고?"

소행성 B612에서 온 애린 왕자

"어디든지, 앞으로 쭉……"
그라디 애린 왕자가 심각하게 말하데. "갠찮타, 내 집은 진짜 작은 데 머!" 그라고는 좀 우울하게 말하데.
"앞으로 쭉 가삐도 밸로 멀리 가지도 모한다……"

4.

이래가 나는 두 번째로 중요한 사실을 알았데이. 애린 왕자가 살고 있는 별이 뽀도시 집 하나 보다 쪼매 클랑가.

그게 내한테는 밸로 놀랍지도 안능기라. 지구, 목성, 화성, 금성 이래 이름이라도 있는 행성 말고도 망원경으로 잘 안 비는 쪼매한 별들이 천지빼까리 아이가. 천문학자가 이런 별을 한 개라도 보몬, 이름 대신 번호를 안 붙이나. 예를 들모 <소행성 3251>이라 카든가.

애린 왕자 별이 소행성 B612라는 기를 믿을 만한 중대한 이유가 있다.

1909년에 어느 터키 천문학자 망원경에 딱 한 번 빗다카는데 이 학자가 천문학회서 이걸 길게 논증했다 쿠데.

 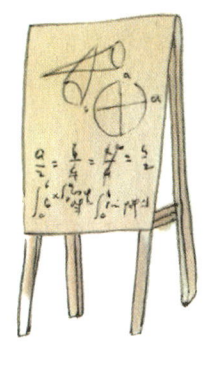

근데 하믄 모하노. 그 노무 옷 때매 아무도 안 믿어줬다 카네. 으른들이 글치머. 소행성 B612한테는 참 다행인데, 터키 한 독재자가 국민들자테 구라 파식으로 옷 안 입으모 사형시킨다꼬 명령을 안 내릿겐나. 이번에 천문학자가 1920년에 삐까뻔쩍하게 차려입고 논증을 다시 하이, 이번에는 마카다 학자 의견을 들아줬다쿠네.

 내가 소행성 B612 이바구를 이마이 구구절절 하믄서 번호까지 밝히는 기는 다 으른들 때문이다. 으른들은 숫자 좋아하자나. 여러분은 새 친구 사깄다꼬 으른들자테 말하모, 으른들이 언제 중요한 거 물어보드나.

 "그 아 목소리는 어떤노? 그 아는 먼 놀이 좋아하노? 그 아도 나비 채집하드나?"

 절대로 이래 안 물어보제. 그 아는 나이가 몇이고? 형제는 몇이고? 몸무게는 얼마고? 그 아 아부지는 얼매나 버노? 맨날 이래 안 묻더나. 이래 묻고 나야 으른들은 마 친구를 잘 안다 생각카제. 만일 여러분이 "나는 억수로 아름다븐 장밋색 벽돌집을 봤는데, 창문에는 제라늄, 지붕 우에 비둘기……" 이라믄 마 어른들은 그 집을 상상 몬할끼다. 으른들자테는 이래 말해 주야한다.

 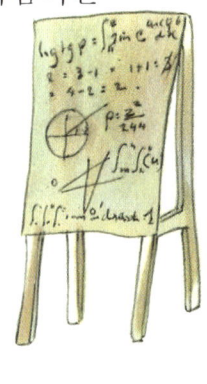

"내는 10억짜리 집 봤니더." 이라면 알아 묵고 "그 집 정말 이뿌겠네" 하는기라.

그라이 여러분들이 "애린 왕자가 있었다는 정거를 대보믄, 가는 정말 멋진 얼라고, 가가 웃었다는 거, 가가 양을 갖고 싶어했다는 거, 누가 양을 갖고 싶다카믄, 그게 사람이 살아 있다는 정거다" 카믄서 같이 말해 보믄, 으른들은 니가 마 얼란갑다카믄서 어깨를 으쓱할낀기라. 근데 "가가 소행성 B612에서 왔다" 카믄 으른들이 딱 알아묵고, 질문 같은 거 안 하고 귀찮게 안할끼라. 으른들이 일타. 탓하지는 말그래이. 얼라들이 으른들자테 아주 너그러버야 한데이.

물론 삶을 이해하고 있는 우리자테 숫자 같은 기야 우습제. 나는 이 이바구를 선녀 야기 맹크로 시작하고 싶데이. 이래 이야기했으면 참 좋았을 낀데.

"옛날 옛적, 한 애린 왕자가 지보다 쪼매 클까 말까 한 별에 살았는데, 친구가 너무 필요해가……" 삶이란 문지 좀 안다카는 사람들 눈에는 이런 이바구가 더 진실하게 안 빘겠나.

딴 사람들이 내 책을 숩게 읽는 건 싫아가 이케 주낀다. 인자 그 추억을 이야기할라카이 그마이 슬파가 안글나. 내 친구가 양 갖고 떠난지도 하마 육 년이다. 내가 여다 그 모습을 기릴라고 애쓰는 것도 그 아를 안 잊을라 카는 기지. 친구를 까묵으모 슬프자나. 누구나 다 친구가 있었던기도 아이고, 내도 숫자만 아는 으른들같이 될지도 모리고야. 내가 다시 그림물감 한 갑하고 연필 몇 자루 사온 것도 다 이런 이유때문이제. 이 나이에 다시 그림 기리는 기 얼매나 힘든동. 여섯 살 때 속 들바다 비는 보아뱀하고 속 안비는 보아뱀 기린 게 단데! 힘 닿는대로 애린 왕자 마이 닮은 초상화 그릴라꼬 노력은 하는데 성공할지는 모리겠다.

어떤 기는 바 줄만 한데 어떤 기는 완전 딴판인기라. 키 어림잡는 것도 좀 이설프고. 이짝에 애린 왕자는 너무 크고 저짝은 또 너무 쪼맨코. 옷 색깔도 잘 못 고리겠다. 그래가마 되든 안되는 이래 저래 해 보는 기 다. 언젠가 중요한 부분에서 실수할 꺼 같은데. 그래도 용서해도. 가는 내캉 아무 이바구를 안 하이, 우짜믄 내캉 지캉 같다 생각 안했겠나 싶다. 구란데 내는 마, 가 맹키로 상자 속에 양을 볼 줄 모린다. 우짜믄 내도 얼맹큼은 인자 으른이 된기라. 늙었다카이.

5.

나는 맨날 가 별이라카든지, 가가 별을 떠난 야그든지, 가 여행 카능기 어땠는지 얼맹큼씩 알게 됐다. 가가 요래조래 생각카는 거를 맞차보이 천천히 알게 되기라. 한 삼 일쯤됐나, 가가 바오밥나무를 안 좋아한다는 기도 이래 안 알았긋나. 요번에도 저번 맹키로 양 덕분에 알았다. 애린 왕자가 질문을 불쑥 하능기라. 나는 또 가가 어디에 홀린나 싶아가 시껍묵았다.

"양들은 쪼매난 풀뭉티 뜯아 묵제?"

"그래, 맞데이."

"아, 그라믄 됐다."
나는 양이 작은 풀뭉티 묵는다는 기 와 중요한 지 몰랐는데, 애린 왕자가 구카데.
"그라믄 양들은 바오밥나무도 묵겠네?"
나는 애린 왕자테, 바오밥나무는 작은 풀뭉티가 아니라 교회 건물 맹키로 큰 나무고 코끼리 한 부대를 델꼬가도 바오밥나무 하나 다 못 뜯아 묵을끼라켔지.

코끼리 한 부대라카는 말에 애린 왕자가 실 웃데.
"그라믄 코끼리 등에다 코끼리를 포개놓으면 되겠구만……"
그라고 나서 참 똑띠 말하데.
"바오밥나무들도 다 크기 전에는 쪼맨하제."
"완전 맞는 말이데이! 근데 와 양이 작은 바오밥나무를 무그야 하노?"
가는 무신 당연한 걸 묻냐카듯이 이래 답하는기라.
"아이참! 그기야."
그라고 나는 이 수수께끼 푼다고 혼자 머리를 쥐아짰다.

사실은 그게 이런 거드라, 애린 왕자 별에는 어느 행성 맹키로, 좋은 풀떼기하고 나쁜 풀떼기가 있는 기라. 그 말은 좋은 풀떼기의 좋은 씨, 나쁜 뿔떼기의 나쁜 씨가 있는 기라. 그란데 씨앗들은 눈에 안 비제. 씨앗들은 땅 속에 숨어가 잠을 코 자다가, 고 중에 하나가 인자 깨야겠다 생각이

들모 기지개를 피고 태양을 보미, 첨에 꼬물딱대다가 고 이쁘고 보드라븐 싹을 쑥 내밀자나. 무나 장미나무의 애린 싹이사 내비둬도 갠찮타. 근데 나쁜 식물의 싹이모 보자마자 뽑아삐야지 그란데 애린 왕자 별에 무서븐 씨앗이 있았는데…… 그기 바로 바오밥나무 씨앗인기라. 마 그 별에 바오밥 씨앗이 천지빼까리였던기라. 그란데 바오밥나무는 너무 늦게 손 쓰모 감당이 불감당이라. 나무는 온 별을 다 더파삐제, 뿌리는 별에 구미를 쑹 뚤바뿌이, 별은 쪼매한데 바오밥나무가 많아바라 별이 터자뿌지.

"이기 훈련의 문젠기라." 애린 왕자가 이카데. "아침에 세수하모 별도 세수시키야 한다. 바오밥나무가 얼랄 때는 장미나무캉 비스무리한데, 구별할 수 있으모 그 때는 확 뽑아삐야한다. 귀찮아도 얼매나 쉬운 일이고."

그라고 어느 날 내한테 아름다븐 그림을 그려가꼬 우리 땅에 사는 얼라들 머릿 속에 그거를 새기여라카데. "언젠가 그 아들이 여행을 하모 그게 도움이 될끼라. 가끔 할 일 미룬다고 별일 있다나. 그란데 바오밥나무는 난리날끼다. 나는 게으름뱅이가 사는 별을 아는데, 고마 작은 풀띠 세 그루를 내비뒀드이⋯⋯."

그래가 나는 애린 왕자가 설명한데로 게으름뱅이 별을 기맀지. 나는 도덕 선생 같은 말투는 밸로 안 좋아한데이. 근데 바오밥나무가 위험하다는 걸 사람들이 너무 모리고, 혹시라도 길 잃고 소행성에 드간다 해봐라 음청 위험하겠제. 그래가 한 번 예외를 둘꾸마.

"얼라들아! 바오밥나무 조심해래이!"

내가 이케 요 그림에 공 들이는 기는, 내 친구들이 내문키로 암것도 모리는 위험을 지나가면서 알려줄라 안카나. 마 배운기는 내가 이마이 욕본 값어치가 있었다카능기다. 쪼매 궁금할끼라 와 이 책에 다린 그림들을 바오밥나무 문치로 웅장하게 안 그렸나꼬. 대답은 간딴타. 내는 죽을 똥 살 똥 힘은 줬는데 성공을 모한기라. 근데 바오밥나무 기릴 때는 영감을 주는 사람이 옆에 있으이 고마 내를 뙤 아님았지.

바오밥나무 뭉티

6.

아! 애린 왕자, 나는 니가 마이 외로븐 생활 한 거를 이래 쪼매씩 알았데이. 그동안 니를 달래준 기 해가 저무는 풍경밖에 없었다 생각하이 와 나도 슬플라카노. 넷째날 아침인가 니는 이켔제.

"내요, 해넘이를 진짜 좋아하니더. 지금 해넘이 보러 갈라고……"

"하지만 기다려야 할낀데……"

"기다린다니 멀?"

"해가 지기를 기다레야한다꼬."

니는 처음에 놀란 토깽이처럼 내를 보디, 곰방 어이가 없다는 듯 웃았제, 그라고 이켔제.

"내는 아직 내 별에 있는 줄 착각했다아잉교."

하모. 미국이 한낮이모 프랑스에서는 해가 지니까네. 다 이리 생각할끼고마는. 해넘이 볼라믄 마 1 분 안에 프랑스로 날라갈 수 있으면 될낀데. 불행히도 프랑스는 한참멀제, 쪼매한 니 별에는 의자 좀 땡기앉으모 될 낀데. 그래가꼬 니가 보고 싶을 때마다 저무는 노을을 봤자나……

"한 날은 마흔네 번이나 해넘이를 봤다아잉교!"

그라고 이켔제.

"아재도 알끄다…… 그래 슬프모 누구든동 노을이 보고 싶은기다."

마흔네번 해넘이 본 날에, 니는 그마이 슬펐단 말이가? 애린 왕자는 대답을 안했따.

7.

다섯째 날에 그 날도 양 때매 애린 왕자가 우에 살았는지 요 비밀을 알았다카이. 오랫동안 말 읎시 생각해 왔던 궁금증이 고마 열매를 맺았능지, 밑도 끝도 없이 질문을 해샀는기라.

"양이 쪼매한 풀데기 묵으문 꽃도 묵나?"

"양은 닥치는 대로 묵는다."

"가시가 있는 꽃도 글나."

"하모, 가시가 있는 꽃도."

"그라믄 가시는 먼 쓸모가 있노?"

나는 그건 모리겠더라고. 그 때 모다에 꽉 낑긴 볼트 푼다고 정신이 하나도 없었다카이. 고장은 심각하제, 마실

물은 다 떨어져가제, 최악의 상황을 안 생각한다는 기
더 이상한기라.
"가시는 먼 쓸모가 있노?"
애린 왕자는 질문하모 포기를 모린다. 볼트 때메 화딱지가
나가 아물따나 대답했뻤다.
"가시 그거 먼 소용 있노. 꽃들이 괜히 뿔따구 부리는
거 아이가."
"아!"
가가 한동안 말이 없디 악에 받체가 내를 잡아 묵을라카
데. "그랄 리가 없다! 꽃들은 약하고 순진하다. 할 수
있는 데까지 지를 지킬라카는 거다. 꽃은 가시 있다꼬 지들
이 무서븐 줄 알던데……"

 인자 내가 대답을 안했다. 그 때 이런 생각켔거든. "이노
무 볼트가 이케도 안 풀리면 망치까 확 뚜드리 뽀사뿔
란다." 애린 왕자가 또 내 머리 속을 저지리하는기라.
"마, 아재는 그래 생각하제, 꽃들이……"
"그기 아니라카이 아니라꼬. 암 생각도 없다카능데! 아
물따나 대답한기다. 나는, 나는 말이다, 지금 중요한 일
하니라 바쁘다꼬!"
가가 시껍해가 나를 쩨리봤다.
"중요한 일이라카이!"
손꾸락에 껌정 기름 묻히고 손에는 망치 들았제 가 눈에
분미 흉측하게 비는 물건자테 엎드리 있았제 가가 그 옆
에 서가 나를 한참 쳐다보데.
"아재도 마 다린 으른들 맹키로 주끼샀노."
그 말에 얼굴이 달아올랐는데 미깔시리 한 마디 더 했뿌
데. "아재도 다 엉망진창이고, 다 뒤죽박죽이네."

가 진짜 화 났더래이. 금색 머리카락 막 날리믄서.

"내가 아는 별에 얼굴 벌건 으른이 사는데, 꽃 향기 맡은 적도 없고, 누구 하나 사랑해 본 적도 없고, 덧셈만 하믄서 살데, 그라믄서 하루 죙일 아재 같이 주끼더라고. '나는 중요한 일 하는 사람이데이! 나는 중요한 일 하는 사람이데이!' 그라고 으스댄다 아인교. 근데 사람이 아니라꼬. 그긴 버섯이라꼬!"

"뭐라고?"

"버섯이라꼬!"

애린 왕자는 화가 나가
인자 얼굴이 허여케 질렸다.
"꽃들이 가시를 수 백만 년전부터
맹글어 왔고, 양은 고 꽃들을 수백만
년 전부터 묵았고. 근데 와 꽃들이
아무 쓸모없는 가시 맹근다고
고생 하는 동 알아보는 기
그래 안 중요하단 말인교?
양하고 꽃들의 전쟁이 안
중요하단 말이제?
뚱띠에 얼굴 벌건
으른이 하는 덧셈보다
더 중요하고 진지한 일이 아니라꼬?
내 별 떠나가는
못 보는, 시상에 딱 한 송이
꽃을 생각해 보소.
아침에 쪼매한 양이

멋도 모리고 이래 꿀꺽 없애부릴지도 모리는 그 꽃은 내가 사랑한다고 해봐라. 근데 그게 중요한 일이 아니라 카는 게 말이 되나 안되나?"

가가 얼굴이 빨개가 다시 주께데.

"수백만 또 수백만이 넘는 별이사 차고 넘치지만도 그 속에 딱 한 송이밖에 없는 꽃을 누가 사랑하모, 가는 별을 보는 걸로도 행복할끼라. '저 하늘 어딘가에 내 꽃이 있네……' 이라믄서 혼자 이바구하겠제. 근데 양이 그 꽃을 묵아뿌먼 우에 되겠노. 가는 그 모든 별이 확 다 꺼져가 껌껌해질끼라! 그래도 이게 안 중요하나!"

가는 더 말을 모하고 갑자기 찔찔 짜는기라. 하마 어둡더라. 나는 연장 다 던져뿌따. 망치도 나사도 목 마러븐 것도 죽는 기도 머 눈에 안 비더라고. 어떤 별, 어떤 행성 우에 내 별인 이 지구 우에, 내가 달래주야 하는 애린 왕자가 있는 기라! 나는 가를 살포시 안았데이. 가마이 흔들어 달래주찌. 내가 가한테 말했따.

"니가 사랑하는 꽃은 인자 안 위험할끼다…… 양 입 우에 씌우는 허거리 하나 그리 줄꾸마…… 니 꽃을 위해가 내가 갑옷도 그레줄께…… 내가……" 내사 뭐라 말할 지 몰랐눈데. 내가 참 서툴러 비는 기라. 우찌 해야 가를 달랠 수 있을지, 어디를 가야 가 마음을 잡을 수 있을지…… 내사 마 하나도 모리겠능기라. 눈물의 나라, 참 신비롭데이.

8.

 나는 인자 가 꽃에 대해 전보다 더 잘 알게 됐데이. 가 별에는 오래 전부터 (멋 부릴 줄 모리는) 수수한 꽃들이 있었던 갑데. 꽃 이파리 하나 있는 요 꽃이사 밸로 자리 자치를 했긋나, 누구 맘을 꼬시는 것도 아이었고야. 어느 아침에 풀 띠 속에서 나왔나 싶았디 어느 밤에 조용히 사라져뿌는기라. 그란데 어데서 날라왔는둥 모리겠는 씨앗 하나에서 싹이 나디, 다른 거랑은 다른 요 애린 싹을 애린 왕자가 자태서 살피는기라. 우짤란가 새 바오밥나문가 켔는데 이기 더 자라지는 않고 꽃을 막 피울라 카는기라. 애린 왕자는 그 커다란 꽃망울을 지켜보이 마 기적이 일어날 거 같은 기라. 그란데 야가 필 기미도 엄꼬 이파리 안에 꼭 숨아가 꽃단장을 하고 있데. 꽃은 천천히 옷 차례 입고 이파리 하나하나 다듬띠, 개양게비처럼 아물따나 차리고 안 나갈라 카데. 이뿌게 빌라고 환한 빛이 비출 때 나갈라카더라니까. 하모! 진짜 멋재이 꽃이제! 신비러븐 화장은 그래가 한 세월 걸리따. 한 날 아침 해가 뜨모 고때 딱 핀 기라.
 화장 곱게 해노쿠는 하품을 하믄서
 "아! 내 인제 일어났니더…… 미안한데예, 아직 머리도 온통 헝클어져 있고예……" 요래 내숭을 안 떨긋나.
근데 애린 왕자는 너무 감격한기라.
 "참 아름답네예."
 "그래예? 꽃이 나직하게 대답하데,
 "지는요, 햇님캉 같이 태어났지예……"
 애린 왕자는 야가 밸로 겸손치는 안타꼬 대번에 알아봤다카이. 근데 그마이 맘을 흔드는 꽃 아이가!

31

꽃이 이카데,
"지금 아침 묵을 시간 아인 교. 친절을 베풀어가 저 좀 챙겨 줄래예?"
　그 말에 애린 왕자는 우에할 줄 몰라가 물뿌리개 들고 와가 시중을 안 들어줬겠나.
　꽃은 이래 심술맞그로 가를 괴롭혔데이. 예를 들모, 한 날은 지 가시 네 개를 보여주믄서 애린 왕자테 이래 말하는 기라.
"호래이들이 발톱까 칵 덤비모 우짜지!"

"이 별에 호래이 엄스예. 그카고 호래이는 풀 안 묵으예." 애린 왕자가 반박했따.
"지는 풀 아닌데예." 꽃이 나직카이 대답했다.
"미안하네예."
"호래이 따윈 무서울 게 없지만도 바람이 끔찍하그든요. 바람막이 같은 건 엄닝교?"

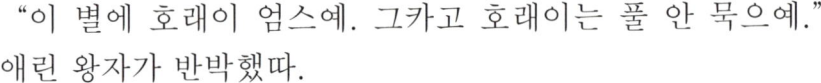

'바람이 와 끔찍한지 모리겠네……그라믄 식물한테 참 안 된 일인데.' 카믄서 애린 왕자는 속으로 이래 생각하능기라.
'야는 진짜 까다롭데이……'
"저녁따벤 유리 덮개 씌아 줄래예. 여기는 춥네예. 설비는 엉망이고 내가 전에 살둔 데는예……"

꽃은 거서 입을 다물더라. 꽃은 씨로 여 왔으이 다른 세상을 알 턱이 없지. 순진하이 거짓말 할라다가 들킨 게 부끄러버가 괜히 애린 왕자테 뒤집어 씌울라꼬 두 세 번 기침을 했데이.

"바람막이는 어딨능교?"

"찾으러 갈라하눈데 지금 당신이 주끼길래……"

구란데 꽃은 우야든동 애린 왕자가 미안하게 만들라꼬 억지로 기침을 막 하는기라.

이래가 애린 왕자는 진심이고 뭐고 꽃을 의심하게 됐다 카이. 별 것도 아닌 기를 심각하게 생각하믄 마 불행해지제.

"문디 가스나… 꽃 말을 듣는 게 아니였능데." 어느 날 가가 내자테 속마음을 털어놓데.

"꽃 말은 들으모 안된데이. 그저 바라보고 향기만 맡으모 되는데, 내 꽃은 내 별을 향기나게 해줏는데 내가 거서 기쁨을 몬 찾은기라. 발톱 이바구할 때 화 안 내고 너그러이 다 받아 줄 수도 있었능데……"

가가 계속 지 속 마음을 이바구하더라.

"내는 마 암것도 몰랐지예! 주끼는 거 말고 행동으로 꽃을 판단해야 했는데, 갸는 내도 향기나게 해주고 내 맘도 환하게 했눈데, 거서 도망치는 기 아니였다 카이! 내가 눈치 없그로 어설픈 거짓말 뒤에 숨기 노은 진짜 맘을 몰라준기라. 모순 뭉티, 사랑하기엔 내가 그 때 너무 애렸덩기라……"

9.

내사 마 가가 철새를 따라 지 별에서 나온기라 생각칸다. 떠나는 날 아침에 깨끗이 치우고야. 활화산을 암사바시 쓸았데이. 가한테 활화산이 둘 있았능데, 아침밥 데피는 데 딱이였다카더라. 사화산도 하나 있었다카눈데, 그란데 가 말마따나 "우에 될지 누가 아노!" 그래가 가는 사화산도 똑같이 청소했다능거 아이가. 청소만 잘 해주마 화산들은 서서히 규칙적으로 불타올라가 폭발할 일은 엄따카네. 화산 폭발 카능기 굴뚝 화재 같은 기라. 하기사 지구 우에 사는 우리들은 너무 작아가 화산은 청소할 수 없다 아이가. 그래가 우리들은 화산 폭발 때매 자주 곤란을 안 겪나.

애린 왕자는 좀 쓸쓸해가 요근래에 자란 바오밥나무 싹들도 뽑았다카이. 가는 다시는 안 돌아올 생각이었다 카데. 마 그날 아침에는 손에 익은 고 일들이 참 다정스럽게 느껴졌다카데. 그라고 마지막으로 꽃에 물 주고 유리 덮개 씌아 줄라할 때 마 울고 싶었다 카더라.

"잘 있그래이." 꽃자테 말했다.

근데 꽃은 입을 안 띠더라.

"잘 있그래이." 다시 말했능데

꽃이 기침을 하능기라 감기 때문도 아인데

"내가 바보였네예." 결국에 꽃이 입을 떤는데 "용서하이소. 그라고 행복하이소."

가는 꽃이 비난 안 하는 걸 보고 놀랬데이. 유리 덮개를 들고 멍청히 서가 꽃이 이래 다정스러븐 게 이해가 안가는 기라. "당연히 니를 사랑하지예." 꽃이 이바구했다. "당신이 그걸 몰랐지예. 내 잘못이지예. 뭐 지금 와가 뭔 상관이

활화산을 암사바시 쓸았데이.

겠능교. 당신도 내 만큼 바보자나예. 행복하세예. 유리 덮개는 마 인자 치아뿌이소, 필요 없아예…… ."

"그래도 바람 불라……"

"지는 그래 감기 잘 안 걸례예. 시원한 밤바람이 내한텐 더 좋을 거라예. 난 한 송이 꽃이자나예."

"그래도 짐승들이 달레들모……"

"나비 볼라모 벌그지 두 세 마리는 참아야겠지예. 나비는 참 아름답제, 야들 아이모 누가 나를 찾아 오겠노, 당신은 멀리 가뿌고. 등치 산만한 짐승들이 온다케도 나는 겁 안나예. 내자테 발톱 있으예."

그라믄서 가는 순진하이 가시 네 개를 비주는 기라. 그라고 이케 덧붙있따.

"그래 꼬물딱대지 마이소, 신경 쓰이그로. 떠나기로 했으모 얼릉 가이소."

꽃은 우는 모습을 안 비줄라케따카네. 참 이마이 오만한 꽃잉기라.

10.

가 별은 소행성 325, 326, 327, 328, 329, 330 같은 구역에 안 있었겠나. 그래가 가는 그 별들을 댕기보믄서 일거리도 찾아보고 견문을 널필라켔다데.

첫 번째 별에는 왕이 살고 있었다쿠네. 왕은 주황색 천하고 하얀 담비 가죽으로 맹든 옷을 입고 어깨에 힘 빡 주고 왕좌에 앉아 있능기라.

"아! 백성 하나가 이짜그로 오는 도다!"
왕은 애린 왕자를 보디 이래 이바구했다. 애린 왕자는 으아시르븐 생각이 들었다쿠네.
"한 번도 내를 본 적이 없는데 우에 알아보지!" 왕들의 세계는 아주 단순하게 되어 있다능기를 애린 왕자는 몰랐던 기라. 왕 눈에는 딴 사람들이 마카다 백성인기라.
"짐이 니를 더 잘 볼 수 있도록 여 와보그라."
왕은 드뎌 어떤 사람자테 왕 노릇이라도 할 수 있어가 억수로 자랑스러번는지 이케 주꼤다.
애린 왕자는 눈을 들어 앉을 델 찾아봐도 앉을 데가 없었눈데, 와 그랬나하모 별은 번질한 담비 거죽 망토로 덮헤가 있었는데. 가가 서 있을 수 밖에 없어가 피곤하이 하품이 나왔다카이.
"어전에서 하품을 하모 예의가 없다 카능기라." 왕이 이바구했다. 짐은 니한테 이카믄 안된다고 할끼라.
"내는 하품을 참을 수 없니더."
애린 왕자는 어쩔 줄 몰라가 이래 대답했데이.
"먼 길을 여행한다고 잠을 몬자서……"
"그라믄 하품 하라고 명하노라." 왕이 이바구했다. "오래 전부터 하품하는 사람을 본 적이 엄써가. 짐에게 하품은 신기한 기라. 자. 다시 하품 해봐라. 명령이데이."
"그라이 겁 나네예…… 인자 하품도 안 나오니더……"
애린 왕자는 얼굴이 벌개져가 이케 말했능데
"흠!흠!" 왕이 이래 대답하데.
"그라문, 짐은…… 짐은 니한테 명할꾸마, 어떤 때는 하품을 하고 어떤 때는……"
왕이 꼭 화난 사람 맹키로 빨리 말하모 얼버무리데.
왕은 우찌됐든 지 권위가 존중받길 바랬던 기라. 대들모 자비라 카능 건 없다쿠네. 왕은 절대 군주였데이. 그래도 사람은 좋아가 수긍은 가는 명령을 내리는 기라.
"짐이 만일 어느 장군보고," 이게 왕 래퍼토린데 맨날 이바구 하기 전에 이 말을 붙인다카이.
 "짐이 만일 어느 장군보고, 바닷새로 변하라 카이까, 그 장군이 대들모, 그기는 장군 잘못이 아니라 짐 잘못잉기라."
"앉아도 되닝교?" 애린 왕자는 머뭇거리모 물었데이.
"짐은 그대한테 앉기를 명할꾸마." 왕은 대답하모 담비 망토 한 자락을 폼 지기믄서 펄럭이데. 별은 억시로 작으믄서 도대체 뭘 다스린다는긴지 애린 왕자는 마 어리둥절해가
"전하…… 여쭐 말이 있는데예……"
"짐은 니가 질문할 수 있그로 명령할꾸마." 왕은 서둘러 물았다카네.
"전하께선…… 뭘 다스리는교?"
"마카 다." 왕은 아주 간단하이 대답하데.
"마카다요?"
왕은 조심스럽게 지 별하고 다른 모든 행성과 항성을 가리키능기라.
"전신에 다 말인교?" 애린 왕자가 이바구했다.
"전신에 다를……" 왕이 대답하데.
그는 절대 군주캉 만유의 왕이라 안카나.
"그라믄 별들이 전하한테 복종하닝교?"
"하모 당근이도다." 왕이 쿠데. 별들이 바리 복종하느니라. 짐은 대들모 용서 모해주거든.
 그만한 권력에 애린 왕자는 놀라 자빠질라 켔다. 내가 만일 그런 권력을 가졌으모 의자를 끌어 댕기든동 말든동 필요도 엄시 하루에 마흔네 번이 아니라 일흔 두 번이라도, 아니 백

번이라도, 아니 이백 번이라도 해넘이를 구경할 낀데. 그러자 나뚜고 온 지 별이 떠올라가 맴이 찢어질라했으므로 용기 내가 왕한테 은총을 안 빌었긋나.

"해 지는 거 보고 싶은데예. 저를 좀 기쁘게 해 주이소……
해 지도록 명령 좀 해달란 말임더……"

"짐이 만일 어느 장군한테 이 꽃 저 꽃으로 나비처럼 날아댕
기라카든지, 비극 한 편 쓰라카든지,
바닷새로 변하라고 명령했는데,
그 장군이 하달된 명령을 수행 몬 한다
뻐팅기모, 짐하고 장군 가분데 누구 잘못이고?"

"전하 잘못 아인교." 애린 왕자가 시게 들받았데이.
"바리 그기다. 누구든동 그 사람이 할 수 있는 일을 시키야 안 하긋나. 왕은 계속 이바구했다. 권위는 이성에 근거를 두야지. 니가 만약에 니 백성자테 바다에 빠져죽으라 명령하모 가만 있긋나. 당장 혁명 일으키긋지. 짐이 복종해라 시킬 권리는 짐 명령이 그마이 일리있는 거 아이가."
"그란데 제가 부탁한 해넘이는 우에 됐는교?" 한번 물으면 절대로 안 잊아삐는 애린 왕자는 다시 이바구했다.
"니는 해넘이를 보게 될끼라. 짐은 그길 명령한다. 그러나 짐의 통치술에 따라 조건이 갖춰질 때까지는 기다리야 안 하겠나."
"언제 그래 될란교?" 애린 왕자는 캐묻는기라.
"흠! 흠!" 왕은 큰 달력을 디비껴보고 구카데. "그기…… 오늘 저녁따베…… 오늘 저녁따베…… 그기는 오늘 저녁 7시 40 분경이 되니라. 그 때 니는 내 명령이 얼매나 잘 이행되는지 알게 될끼다."
애린 왕자는 마 하품을 하데. 해 지는 기를 몬 봐가 고마 서운했던기라. 그라고 이양 지루해졌지.
"지는 마 여서 더 할 일이 없심더. 지는 떠나겠심더." 가가 왕한테 카데.
"떠나지 말그라." 왕이 답했데이. 왕이사 졸짜를 갖게 된기 자랑스러벘던 기라. "떠나지 말그라 짐은 니를 장관으로 임명하노라!"
"무신 장관요?"
"음…… 법무부 장관!"
"허지만도 재판 받을 사람이 없잖응교!"
"아직 모리지! 짐은 아직까지 왕국을 돌아본 일도 엄꼬, 마이 늙았제, 수레 놓을 자리도 없고야, 걸을라카이 피곤하제." 왕이 이바구했다.

"아! 그란데 지는 하마 다 봤니더." 애린 왕자는 답했데이. 가는 몸을 기울여가 별 다른 편을 쓸쩍 보이, "저찌기도 마 아무 것도 업심더."

"그라믄 니가 니를 재판해봐라" 왕이 대답했다. "그게 젤로 어려븐 일이로다. 다른 사람을 판단하는 것보다 지 자신을 판단하는 기 훨씬 더 어려븐 일 아이가. 네가 자신을 잘 판단 할 수 있을라카모, 그기는 네가 참으로 지혜로븐 사람이라카이."

"지는 아무데서나 지를 잘 판단할 쭐 알아예. 꼭 여서 살아야할 필요는 없심더." 애린 왕자는 말했다.

"흠! 흠!" 왕이 구카데. "짐의 별 어딘가에 늙은 쥐새끼 한 마리 있는 기 확실하다. 밤이 되모 쥐 소리가 들리니라. 니는 그 늙은 쥐를 재판할 수 있다카이. 가끔씩 그 쥐를 사형시킬 수도 있니라. 그라믄 쥐 목숨은 니 재판에 달려있다. 그란데 그 때마다 니는 특사를 내려가 가를 아끼야 한다. 왜냐믄 한 마리가 다데이."

"지는 사형 선고 안 좋아하니더. 인자 가야 할 거 같심더." 애린 왕자는 대답했데이.

"안 된데이." 왕이 이바구했다.

애린 왕자는 준비를 했지만 다 늙은 군주 맴을 찢을 수 없는 노릇인기라.

"전하의 명령이 먹힐라믄 내한테 일리있는 명령을 내려주이소. 예를들모 일 분 안에 떠나라고 명령할 수 있을끼라예. 지 생각엔 조건이 다 준비된 것 같은 데예……"

왕이 아무 대답도 안하는 걸 보모 애린 왕자는 잠시 주저하디 한숨을 쉬모 별을 떠났다카이.

"짐은 니를 대사로 임명하꾸마." 왕이 서두르모 소리치데. 목소리를 깔디 힘을 시게 주고야.
'으른들은 참 희한타.' 애린 왕자는 여행을 하문서 속으로 생각했데이.

11.

두 번째 별에는 허영쟁이가 살았능데.
"아! 아! 찬양할 눔이 하나 왔네!" 허영쟁이는 멀리서 애린 왕자를 보자마자 소리치따.
허영쟁이들한테는 다른 사람들이 전신에 지를 추키세아주는 찬미자로 비는 탓인기라.
"안녕하신교." 애린 왕자가 문저 입을 띠제.
"아재는 이상한 모자를 쓰셨네예."
"답례할라고 안그라나." 허영쟁이가 이바구했다. "사람들이 내한테 박수칠 때 답례 할라 안카나. 그란데 불행한 기 여는 지나가는 사람이 아무도 엄따."
"아 그래예?" 먼 말인지 몬 알아 묵은 애린 왕자가 말했따.

"두 손을 마주 쳐바라." 허영쟁이가 일러주이.

애린 왕자는 두 손을 마주쳤데이. 허영쟁이는 모자를 벗어 들고 공손하이 답례를 하능기라.

'왕 만났을 때 보다는 훨씬 재밌네.' 애린 왕자는 속으로 생각해따.

그래가 가는 두 손을 다시 마주쳤는데 허영쟁이는 모자를 들아가 또 답례를 하는 기라. 5분 동안 실습하고 나이 애린 왕자는 단순한 놀이에 고마 싫증이 나는기라.

"그란데 모자를 떨어트리모 우에 해야 하닝교?"

군데 허영쟁이는 그 말을 듣지 않았다쿠네. 허영쟁이들은 칭찬하는 말 밖에는 듣지 않는다카이.

"니는 진짜로 나를 숭배하눈기가?"

가가 애린 왕자한테 물았는데 허영쟁이들은 칭찬하는 말 밖에는 듣지 않는다카이.

"니는 진짜로 나를 숭배하눈기가?"

"'숭배한다'카는게 뭔 뜻인데예?"

"'숭배한다' 카는 기는 내가 이 별에서 제일 잘 생기고 옷도 젤로 잘 입고 돈도 젤로 많은 부자고 지식도 젤로 많다고 인정해 준다카는 기지."

"하지만 이 별에 아재 혼자 아잉교!"

"나를 기쁘게 해도. 암튼 나를 숭배해도!"

"난 아재를 숭배하는데예." 애린 왕자는 어깨를 약간 으쓱 하모 이바구했다. "하지만 그기 아재한테 머 어떠타는 건교?"

그라고 애린 왕자는 그 별을 떠났다.

'으른들은 아무래도 참 희한테이.' 여행을 하는 동안 애린 왕자는 속으로 이래 생각한기라.

12.

 다음 별에는 술꾼이 살았데이. 이번 방문은 억수로 짧았지만 애린 왕자를 마 우울하게 안 맹글었겠나.
 "거서 뭘 하고 계신교?" 빈 병 한 무디캉 술병 한 무디를 앞에 노쿠는 말없이 앉아 있는 술꾼을 보고 애린 왕자가 물었데이.
 "마시지를." 술꾼은 다 산 사람 표정 문지로 대답하데.
 "와 마시능교?" 애린 왕자가 물았데이.

"잊을라꼬." 술꾼이 대답했따.

"멀 잊을라꼬예?" 애린 왕자는 술꾼이 벌써 불쌍타 싶아가 캐물았데이.

"내가 부끄러븐 놈이란 걸 잊을라꼬 안카나." 술꾼은 고개를 푹 숙이디 하소연하는기라.

"뭐가 부끄러븐데예?" 애린 왕자는 도아주고 싶아가 자세히 물았데이.

"마시능게 부끄럽데이!" 주정뱅이는 말을 하고 입을 꾹 다물어삐는기라.

그래가 애린 왕자는 어쩔 줄 몰라 하모 그 별을 떠났다.

'어른들은 아무리 들바다봐도 너무너무 희한하다카이.'

카믄서 애린 왕자는 속으로 그케만 생각해따쿠네.

13.

네 번째 별은 사업가 별이었능데, 이 사람은 얼매나 바쁜 동 애린 왕자가 왔는데도 쳐다도 안 봤다카네.

"안녕하신교?" 애린 왕자가 말했데이. "담뱃불이 꺼졌네예." "서이 더하기 둘은 다섯, 다섯 더하기 일곱은 열둘, 열둘에다 셋은 열다섯. 안녕. 열다섯에 일곱은 스물둘, 스물둘에다 여섯이모 스물 여덟이. 불 붙일 시간도 없노. 스물여섯에 다섯은 서른 하나. 후유! 자 그라믄 5억 162만 2731이네." "뭐가 5억인데예?"

"뭐라꼬? 니 아즉 거 있었나? 5억 1백만…… 그라고 뭐라카더라…… 이래 일이 많으이! 내는 중대한 일을 하고 있는 사람

잉기라. 내 말이다, 시시콜콜한 이바구나 하모 시간 죽이지는 안크든. 둘에 다섯은 일곱……"

"뭐가 5억 1백 만인데예?" 한 번 물으모 포기라 카능건 모리는 애린 왕자는 되풀이해가 이래 물았데이. 사업가가 그제사 고개를 들았는데.

"내가 이 별에 54 년간 살았지만 방해를 받응기 세 번뿐이였거릉. 22년 전이 처음이었고야, 어데서 날아왔는동 풍뎅이 한 마리가 떨어져가. 금마가 시끄럽게 울아샀는데 덧셈을 네 군데나 틀렸다카이. 두 번째는 11년 전인데 신경통이 발작해

가. 나는 운동 부족이라카이. 한가롭게 걸어댕길 시간도 엄써서. 나는, 나는 말이다, 중요한 일을 하는 사람인기라. 시 번째는…… 바로 지금이다! 근데 아까 내가 5억 1백만……"

"머가 억이고 백만인교?"

사업가는 인자 조용해지긴 글러무따 생각했다.

"가끔 하늘에서 볼 수 있는 쪼매한 거 말이다."

"파리 떼예?"

"아니, 반짝반짝 빛나는 쪼매한 거 말이다.

"꿀벌예?"

"아니. 금 맹키로 반짝이는 쪼매한 거 말이다. 게으름뱅이들은 그걸 쳐다보모 꿈을 꾼다쿠네. 군데 내는 중요한 일을 하는 사람이라가 꿈 꿀 시간도 없다 아이가."

"아! 별 말하는 그지예?"

"하모, 별이라카이."

"그라믄 아재는 별을 5억 개나 가지고 멀 할라카는데예?"

"5억 162만 2731개 아이가. 나는 중요한 일을 하는 사람인기라. 내는 정확하구마."

"그란데 그 별로 멀 할라카는데예?"

"멀 하느냐꼬?"

"예."

"암것도 안하고. 그길 소유할라쿠지."

"아재가 별을 소유한다꼬예?"

"그래."

"하지만 나는 하마 왕을 만나봤는데 그 왕이……"

"왕은 소유하는 기 아이고 지배를 한다카는데. 이기는 다른 기라."

"그라믄 별을 소유한다하는기 아재한테는 먼 소용이 있는교?"
"부자가 되는 기지."
"그라믄 부자가 되는 건 먼 소용이 있는데예?"
"다린 별들을 사는데 소용있지. 별을 누가 발견하모 말이다."
'이 사람도 따지는 몬양이 고마 그 주정뱅이카 비슷하노.' 애린 왕자는 속으로 생각했다쿠네.
그란데 가는 궁금한 게 더 있어가 또 질문했따.
"우에 하믄 별을 소유하닝교?"
"그것들을 맡아 놓은 사람은 누군지 아나?" 사업가가 심술궂게 되물았데이.
"모리는데예. 아무도 없따아잉교."
"그라이 내가 맡아 놓은 거 아이가. 그걸 맨 처음 생각한기 내자나."
"그거믄 충분한교?"
"하모. 주인 없는 다이아몬드를 니가 발견했다 치모, 그기는 니 꺼다. 아무도 안 맡아 놓은 섬 하나를 니가 발견했다치모, 그라면 그것도 니 끼야. 어떤 생각을 니가 맨 처음 했다고 치모, 그럼 니는 특허를 낼 수 있는 기라. 그라믄 그 생각은 니가 맡아 놓은 기다. 내도 마찬가지고. 내보다 먼저 별 가질라꼬 맘 먹은 사람이 하나도 없으이까 별은 내끄라카이."
"그건 맞니더. 그래도 그걸로 멀 할낀데예?" 애린 왕자가 이바구했다.
"관리하제, 별을 세고 또 세는 기라. 어려븐 일이제. 그란데 나는 중대한 일을 하는 착실한 사람아이긋나." 사업가가 구카데.

애린 왕자는 먼가 찜찜하이 시원치가 않은기라.

"내가 머플러 하나 가지모 내는 그걸 목에 감고 댕길 수 있잖응교. 내가 꽃을 하나 가지모 그걸 꺾아가 가지고 다닐 수 있자나예. 그런데 아재 별들은 딸 수 없다 아잉교."

"없지. 하모, 그래도 은행에 맽게 둘 수 있자나."

"그게 무신 말인교?"

"그기는 쪼매한 종이 우에 별들의 숫자를 적는 기다. 그 다음에 종이를 서랍 속에 넣고 쇠때를 채아 두는 기라."

"그게 단교?"

"하모, 이게 다다!"

'고거 재밌네,' 애린 왕자는 생각했데이. '꼭 시 맹키로로 하지만도 밸로 중요하지는 안 쿠만.'

애린 왕자는 중대한 일이라카는 기 으른들하고는 생각이 마이 달랐다.

"내는요," 가가 다시 주낀는데. "내는 꽃 하나를 갖고있는데 날마다 물 주니더. 화산도 세 개 있는데 매주 청소를 해주거등요. 불 꺼진 화산도 같이 청소한다아인교. 지금은 죽은 화산이지만 우찌 될지 누가 아닝교. 내가 가들을 소유한다 카는 기는 화산한테도 이롭고 꽃한테도 이롭지만 아재는 별들한테 이로울 게 없다아인교."

사업가는 머라할라 카다가 대꾸할 말을 몬 찾은 기라. 애린 왕자는 마 별을 떠났뿌찌.

'참말로 으른들은 학실히 이상하다카이,' 여행을 계속 하모 애린 왕자는 속으로 이케만 생각했따.

14.

 다섯 번째 별은 억시로 신기했다쿠네. 별 중이서도 젤 작은 별이었능데. 가로등 하나, 가로등 키는 사람 하나 있을 자리밖에 없능기라. 애린 왕자는 하늘 어딘가에, 집도 엄꼬 사람도 안 사는 별 우에 가로등카 가로등 키는 사람이 먼 소용있나 암만 생각해봐도 모리겠는기라. 그라고 속으로 이케 생각했데이.
 "우짜믄 이 사람도 엉터리일끼라. 하지만 왕이나 허영쟁이, 사업가나 술꾼 같은 엉터리 보다는 안 낫긋나. 모해도 그 사람이 하는 일에 먼 의미가 있을끼라. 가로등에 불을 키모 별 하나나 꽃 한 송이 새로 태어나게 하는 기랑 같을 기라. 가로등을 끄모 꽃이나 별을 잠재우지 안 큿나. 재밌는 일이제, 재밌으니까 진짜 유익한기다."
 가는 별에 들어서문서 가로등 키는 사람한티 공손하이 인사를 했다쿠네.
 "안녕하신교. 와 방금 가로등을 껐닝교?"
 "명령이라가 글치." 가로등 키는 사람이 대꾸했데이.
 "왔나?"
 "명령이 먼데예?"
 "가로등 끄라는 기라. 그라믄 잘가그라."
그라고 다시 불을 키능기라.
 "그라믄 와 방금은 불을 다시 킨건교?"
 "명령이라가 글치." 가로등 키는 사람이 대꾸했데이.
 "먼 말인교." 애린 왕자가 이바구했다.
 "알아듣고 말고가 없다." 가로등 키는 사람이 입을 떴데이.

 내사 마 이 일을 모해 묵긋따.

"명령은 명령이라카이, 왔나?"
그라고 그는 가로등을 껐데이.
이아가 빨간 네모 문양이 있는 손수건으로 이마에 땀을 닦는기라.
"나는 여서 마 억시로 힘한 일 하고 있능데. 한 때는 이기 일리가 있았는데. 아침에 불 끄고 저녁에 불 키는 기니까. 낮에는 쉴 수도 있았꼬 밤엔 잠도 안 잤긋나……"
"그라믄 그 뒤로 명령이 바낀기라예?"
"바낀 건 없다카이." 가로등 키는 사람이 말했데이. "비극이 바로 그기라! 별은 해가 갈수록 점점 빨리 돌고 명령은 그대론데!"
"그래가요?" 애린 왕자가 이바구했데이.
"그래가 인자 1분에 한 바꾸씩 도이까네 나는 1초도 몬 쉬이. 1분마다 한 번씩 키따 끄따 하는 기라!"
"그기 신기하네예. 아재 별은 하루가 1분 아잉교."
"신기할 끄도 쓱았다." 가로등 키는 사람이 구카데. 우리가 말을 주끼는 새 이양 한 달이 지났데이.
"한 달요?"
"그래. 30분. 30일 아이가 그럼 잘 가래이."
그라고 가는 가로등에 다시 불을 킸따.
애린 왕자는 그를 바라보모, 명령에 이마이 부지런하그로 가로등 키는 사람이 사랑시릅게 비는 기라. 가는 의자 땡겨가 해넘이 보던 옛날 생각이 났다쿠네. 가는 지 친구를 도아주고 싶았데이.
"있잖은교. 시고 싶을 때는 실 방법이 있을끼라예……"
"내사 항상 시고 싶지." 가로등 키는 사람이 이바구했다. 사람이란 기 부지런하믄서도 동시에 껠받을 수도 있는 기라. 애린 왕자는 하던 이바구를 계속했데이.

"아재 별은 하도 작아가 성큼성큼 세 발자국만 걸으모 한 바퀴 안 도닝교. 아재가 천천히 걸으모 계속 따신 햇빛 아래 있을 수 있으니까, 쉬고 싶으모 걷는 기라예…… 그라모 아재가 원하는 대로 낮이 길어진다아잉교."

"나한테는 밸로 대단한 기도 아이구마. 가로등 키는 사람이 이바구했다. 내 평생 하고 싶은 기 자는 기라."

"안됐네예." 애린 왕자는 이바구했다.

"안됐다카이." 가로등 키는 사람이 말했다. "잘 가그라." 그라고 가로등을 끄따쿠네.

애린 왕자는 더 멀리 여행하모 이래 생각했데이. "이 사람은 다린 사람들, 왕이나 허영쟁이나, 술꾼이나 사업가한테 업신여김을 받을끼라. 그러치만 내가 보이 안 우스븐 사람은 이 사람뿐이데이. 그기는 아마도 이 사람은 지가 아닌 다른 것에 정성을 들이고 있어가 글타카이."

가는 서운해가 한숨을 쉬모 다시 생각했데이.

"내가 친구할 사람은 이 사람 뿐인데. 근데 별이 너무 쪼매해가 둘이 서 있을 자리도 없었으이……"

애린 왕자가 말할라카다 모한게, 이 별은 무엇보다 스물네 시간 안에 1440번이나 해넘이를 볼 수 있는 축복을 받았으니까 가는 이 별이 참 그립다쿠네!

15.

 여섯 번째 별은 열 배가 넘는 넓은 별이었는데. 그 별에는 노신사가 살믄서 커다란 책을 쓰고 있었다쿤다.
 "바래이! 탐험가 하나가 오는구마!" 애린 왕자를 보디 이래 외쳤다.
애린 왕자는 책상에 앉아가 숨 좀 돌렸다. 이제꺼정 멀리도 여행했구마.
 "니는 어데서 오는 길이고?" 노신사가 물았제.
 "그 두꺼운 책은 먼교?" 애린 왕자가 물았다. "여서 뭘 하능교?"

"나는 지리학자다." 노신사가 이바구했다.

"지리학자는 먼교?"

"어데 바다가 있고 어데 강이 있고 도시가 있고 사막이 있는지 아는 학자라카이."

"와 그기 재밌네예." 애린 왕자가 이바구했다. "이제 직업다븐 직업을 만났네예!" 그라고는 지리학자 별을 실 둘러봤디. 이래 간지 나그로 위엄 있는 별은 그동안 몬 봤다쿠네.

"진짜 아름다브예, 할배 별에는 큰 바다도 있능교?"

"알 수 없는디." 지리학자가 이바구했다.

"아! (애린 왕자는 실망했데이.) 산은요?"

"알 수 없다카이." 지리학자가 이바구했데이.

"그라믄 도시캉 강, 사막은요?"

"그것도 알 수 엄는기라." 지리학자가 이바구카네.

"하지만 할배는 지리학자라 안켔닝교?"

"하모 그랬제." 지리학자가 이바구했다. "군데 내는 탐험가는 아니자나. 내는 탐험가를 한 번도 몬 만났데이. 도시캉 강, 산, 바다, 대양, 사막 개수를 세알리로 댕기는 거는 지리학자가 아니거릉. 지리학자는 너무 중요한 사람이라가 나돌아 댕길 수 없다카이. 지리학자는 지 서재를 떠나지 모한다. 그란데 서재에서 탐험가를 맞이할 수 있능기라. 가들한테 질문하고 가들의 기억을 기록하능 기야. 기리다가 가들 가운데 한 탐험가가 재밌는 기억을 애기하모 그 탐험가 품행을 조사하능 기라."

"그건 와그라는데예?"

"탐험가가 거짓말 하모 지리책에 큰 난리난다 아이가. 또 술 너무 마이 마시는 탐험가도 마찬가지데이."

"그건 와그라는데예?" 애린 왕자가 물았데이.

"술 취하모 하나가 두 개로 보인다 아이가. 그라모 지리학자는 산 하나빾에 없는 데에 둘이 있다고 적으모 큰 일 아이가."

"좀 모지란 탐험가가 될 사람을 저도 알고 있능데예." 애린 왕자가 이바구했다.

"있을 수 있는 야그 아이가. 그래서 탐험가의 품행이 개안 타꼬 알려지모 그가 발견한 기를 조사하는 기라."

"거 직접 가보닝교?"

"아니. 그라믄 너무 번거롭자나. 그치만 탐험가테 증거를 내노라카지. 예를 들어가 큰 산을 발견했으믄 그 산에 있는 큰 돌을 가져오라 카는기제."

지리학자는 갑자기 흥분했데이.

"그란데 니는 멀리서 왔제! 니는 탐험간기라! 니 별에 대해 설명 좀 해도가!"

그라고 지리학자는 큰 공책을 펼치디 연필을 깎는기라. 탐험가 이바구는 맨 문저 연필로 적구마이. 잉크로 쓸라하모 증거 줄 때까지 기다레야 한다쿠네.

"응?" 지리학자가 물았데이.

"아! 지 별은 밸로 재밌는 별은 아이라예. 아주 쪼매하고요. 화산이 세 개 있고요. 활화산 둘. 사화산 하나. 하지만 우찌 될동 누가 알겠닝교." 애린 왕자가 이바구했다.

"누가 알겠노." 지리학자가 이바구했데이. "꽃도 하나 있니더."

"꽃은 안 적는데." 지리학자가 이바구했다. "와예? 젤로 이쁜긴데!"

"꽃은 덧없다카이."

" '덧없다' 카는 기는 먼 뜻인데예?"

"지리학 책으로 말하모," 지리학자가 이바구했다, "모든 책이 가장 귀한 책이제, 절대 유행에 안 꿀리는 기라. 산이 자리를 옮기는 기는 아주 드문 일 아이가, 큰 바다 물이 마리는 기도 드물제. 우리는 영원한 걸 기록한다카이."
 "군데 사화산이 살아 날 수도 있자능교? 덧없다 카는 기 먼 뜻인교?" 애린 왕자가 끼어들았데이.
 "화산이 죽건 살건 지리학자한테는 마카다 같은기라." 지리학자는 이바구했다. "우리한테 중요한 기는 산이다. 산은 안 변하이."

"그란데 덧없다카는 기 먼 뜻이냐꼬예?" 한 번 물으모 절대 포기라카는 기는 없는 애린 왕자는 계속 물았지.
"그기는 머지않아 사라질 위험이 있다카는 뜻인데."
"내 꽃이 머지않아 사라질 위험이 있다꼬요?"
"하모."
"내 꽃은 덧없는 기네." 애린 왕자는 생각했데이. "가가 바깥 시상에 지를 보호할 수 있는 기 가시 네 개가 다다 아이가! 내사 그런 꽃을 문디 맨치로 혼자 두고 왔다카이!"

이기 가가 처음으로 느낀 후회라카는 감정이었데이. 하지만 가는 다시 용기를 냈데이.
"할배 생각엔 제가 어데를 찾아가모 좋을란교?" 가가 물았데이.
"지구가 개안을끼다." 지리학자가 대답했데이. "그 별은 평판이 좋다아이가……"
그래가 애린 왕자는 지 꽃을 생각하모 길을 떠났다쿠네.

16.

일곱 번째 별은 지구였능데.
지구는 앵간한 별이 아니제. 이 별엔 왕이 111 명(당근 흑인 왕도 포함해가), 지리학자가 7천 명, 사업가가 90 만 명, 주정뱅이가 750 만 명, 허영쟁이가 3 억 1 천 1 백만 명, 다시 말해가 거의 20 억 명이나 되는 으른들이 살고 있다 아이가.

 전기가 발명되기 전까지는 여섯 땅띠에 46 만 2511 명 이나 되는 가로등 키는 사람들이 정말 군대맹키로 움직이야 켔다는 이바구를 들으모 이 지구가 얼매나 큰지 여러분도 짐작할 수 있다 아이가.

 좀 떨어져가 보모 참말로 멋진 구경거리제. 이 군대들이 움직기리는 기 오페라의 발레단이 칼군무 추는 거 맹키로 빈다카이. 맨 문저 뉴질랜드캉 호주서 가로등 키는 사람들 차례가 오모. 갸들은 막바리 등에 불을 붙이고 잠 자러 가뻰다. 그라모 중국캉 시베리아의 가로등 키능 사람들이 춤추러 실 들어온다카이. 갸들도 곰방 무대 뒤로 사라졌뿌제. 그라모 러시아캉 인도 가로등 키는 사람들 차례가 온다 아이가. 이 아가 아프리카캉 유럽의 가로등 키는 사람들, 이아가 남아메리카캉 북아메리카, 갸들은 무대에 등장하는 순서만크믄 절대 실수하는 뱁이 없었능기라. 진짜 대단하제.

 북극하고 남극에 하나뿌인 가로등 키는 사람은, 노났지, 1년에 두 번 만 일하모 되이까네 천하태피로 살았다쿠네.

17.

 재주 부리다 보모 쪼매 거짓말을 보태야할 때가 있다. 여러분들에게 가로등 키는 사람들 이바구 하믄서도 내가 100 % 정직했다고는 몬 본다. 우리 별을 잘 모리는 사람들이 먼 편견을 가질까바 걱정인데. 지구에 사람들이 차지하는 자리는 실제로 억수로 적다쿠네. 지구에 사는 20

억 명되는 주민을 다 모아가 세우모 가로 세로 만 메다 광장에 다 집어옇을 수 있능기라. 그라니까네 태평양에서 젤로 쪼매난 섬 하나에 전 인류를 다 옇어놓을 수 있다카이.

물론 으른들이사 이 말을 안 믿을끼라. 가들은 지들이 널븐 자리 다 차지하고 있다고 생각하문서 지들이 바오밥나무맹키로 크다꼬 생각 안 하나. 그라이 마 계산 시키는 기 낫긋다. 숫자를 존경하는 사람들이니까 구냥 좋아할기라. 그렇다고 여러분들꺼정 그 지겨븐 일에 시간 낭비할 일이 머가 있겠노. 그랄 필요가 전혀 업는기라. 내 말을 믿그라.

애린 왕자는, 일단 지구에 내리오긴 했는데 사람이라꼬는 코빼기도 안 비가 음청 안 놀랬겠나. 잘못 찾아완나 싶아가 걱정을 하는데, 달빛을 받아가 금색 고리 같은 기 모래 속에서 꾸물대지 안켔나.

"안녕." 애린 왕자는 혹시나 하고 이바구했데이.

"안녕." 뱀이 카데.

"내가 지금 어느 별에 떨어진기고?" 애린 왕자가 물았데이. "지구데이, 아프리카다." 뱀이 대꾸했데이.

"아!…… 그라문 지구엔 아무도 안 사나?"

"여는 사막아이가. 사막에는 아무도 없지. 지구는 크다카이." 뱀이 이바구했다.

애린 왕자는 돌 우에 앉아가 하늘을 올레봤데이.

"내사 지금," 가가 이바구했다. "사람들이 마 언젠가는 마카다 지 별을 다시 찾을 수 있게 할라꼬 별들도 저리 반짝이는 기 아닌가 생각한데이. 내 별 봐봐라, 내 머리 바로 우에 있는데…… 그란데 얼매나 먼동!"

"아름답구로," 뱀이 이바구했데이. "여는 머하로 왔노?"

"먼 꽃하고 말썽이 나가." 애린 왕자가 이바구했다.

"니는 희한한 짐승이네," 한참만에 가가 주껬다.
"손꾸락먼즈로 쫍실하이……"

"아!" 뱀이 말했다쿠네.
그라고 가들은 아무말도 안했다쿠네.
"사람들은 어딨노?" 애린 왕자가 한참만에 입을 띠따. "사막은 쪼매 외롭네……"
"사람들이 사 는 곳도 여맹크로 외롭데이." 뱀이 이바구했다.
 애린 왕자를 한참 뱀을 바라보디,
"니는 희한한 짐승이네." 한참만에 가가 주껬다.
"손꾸락먼즈로 쫍실하이……"
"하지만 난 왕 손꾸락보다 힘이 더 세다카이." 뱀이 켔다.애린 왕자는 빙긋이 웃으모 말했데이.
"니가 힘이 세다꼬…… 발도 없으믄서…… 여행도 몬 하그로……"
"내는 니를 배보더 더 멀리 데려가 줄 수 있능데." 뱀이 이바구했다.
가는 금팔찌 맹크로 애린 왕자의 발목을 휘감았뿟데이. "누든지 내 승질 건드리모 다 지가 태어난 땅으로 돌아가능기라. 뒤진다꼬." 가가 다시 이바구했데이.
"그란데 니는 순수하고 또 다른 별에서 왔다카이……"
애린 왕자는 아무 대꾸도 안 했데이
"니를 보이 참 애처러븐기. 이 화강암 뚱거리 지구 우에 니처럼 약한 아를 보이, 한날 니 별이 너무 그리브모, 내가 널 도와줄 수 있데이. 내가 해 줄 기……"
"오! 잘 알았데이." 애린 왕자가 이바구했다. "그란데 니는 왜 늘 수수께끼 믄즈로 말을 하노?"
"내는 그리 말해도 다 풀지를." 뱀이 말했다. 그라고 그들은 말이 엄섰다.

18.

 애린 왕자는 사막을 건너믄서 겨우 꽃 한 송이 본 기 다다카데. 꽃 이파리 세 장을 가진 꽃 한 송이, 암것도 아닌 꽃 한 송이……

 "안녕." 애린 왕자가 이바구했다.

 "안녕." 꽃이 이바구했다.

 "사람들은 어딨노?" 애린 왕자가 점잔크로 물았데이. 그 꽃은 한 날 상인 무리가 지나가는 기를 본기라.

 "사람들? 일곱여덜비 있능거 가튼데, 몇 년 전에 본 기 단데. 지그믄 어디가가 만날 수 있는지는 나도 잘 모르겠데이. 바람이 갸들을 몰고 댕기제. 갸들은 뿌리가 없어가 욕보는 기야."

 "내 인자 간데이." 애린 왕자가 이켔데이.

 "잘 가래이." 꽃이 구카데.

19.

　애린 왕자는 산꼭디에 올라갔데이. 가가 그때꺼정 아는 산이라는 기 무릎뿌이 안 오는 화산 세 개가 다 아이였나. 거다가 사화산은 걸상으로 쓰고 있었제. 그래가 가는 생각했데이. "이래 높은 산꼭디모 이 별 전체 사람들을 한 눈에 다 들다바 볼 수 있겠능데." 군데 가는 삐주삐주칸 바위 꼭디만 본기라. "안녕." 가가 막 이바구를 하이.
　"안녕…… 안녕…… 안녕……" 메아리가 대꾸했데이.
　"니는 누고?" 애린 왕자가 이바구했다.
　"니는 누고…… 니는 누고…… 니는 누고……" 메아리가 대꾸했는데.
　"내 친구가 되도. 내가 외로버가." 가가 카데.
　"내가 외로버가…… 내가 외로버가…… 내가 외로버가……" 메아리가 대꾸했데이. 그래가 가는 생각했데이.
　"밸 희한한 별이 다 있노! 메말라가 삐쭈카이 마 억시로 각박하노. 거다 사람들은 상상력이라 카는 것도 엄꼬. 말 해주모 그 말만 되풀이하능 기…… 내 별에 꽃 한 송이 있다켔제. 내 꽃은 항상 문저 말 걸어줏는데……"

20.

　그란데 애린 왕자는 사막캉 바위캉 눈을 헤치가 오래 걸으믄서 마침내 길을 하나 발견했다쿠데. 길은 사람들이 사는 곳으로 통하제.

그래가 가는 생각했데이 "밸 희한한 별이 다 있노! 메말라가 삐쭈카이 마 억시로 각박하노."

"안녕." 가가 구카데.
장미가 피아있는 정원이었다.
"안녕." 장미꽃들이 이바구했다.
애린 왕자는 그 꽃들을 살펴보이 전신에 지 꽃이랑 똑닮았는 기라.
"느그들은 누고?" 애린 왕자는 정신이 쫌 없어가 물았제.
"우리는 장미꽃이라 카는데?" 장미꽃들이 데꾸했데이.
"아!" 애린 왕자가 이바구했데이.
 가는 지가 너무 불상타 생각한기라. 가 꽃은 지가 이 시상에서 같은 종류로도 딱 한 송이 꽃이라켔는데 정원 안에 이마이 똑 닮은 꽃이 5천 송이나 안 있겠나!
"내 꽃이 이거 보모 완전 꼭지 돌아뿌겠데이……" 애린 왕자는 속으로 이바구했데이. "웃음거리 안 될라꼬 기침 콜록거리믄서 내 죽니더 안카겠나. 그라믄 나도 우짤 수 없이 돌바 주는 척 해야 자나. 안 그라모 내까지 부끄럽게 만들라꼬 진짜 죽아뻴지도 모르닝기라……"

그라고 가는 또 이래 생각했다쿠네. "나는 내가 시상에 하나 뿌인 꽃을 가진 부자라 생각켔는데, 흔한 장미꽃 하나 가진기라. 거다 무릎뿌이 안 오는 화산 세 개, 그것도 하나는 영원히 꺼져 있을지도 모리는데, (문디 맹크로) 그런 걸 갖고 우에 훌륭한 왕자가 되겠노……" 가는 풀밭에 엎아져가 울았데이.

21.

미구가 나타낭기 바로 그 때였데이.
"안녕." 미구가 이바구해따.
"안녕." 애린 왕자는 얌전하게 대꾸하고 고개를 돌렸지만 암것도 안 보이는 기라.
"여 있데이. 사과나무 미태야……" 그 목소리가 대꾸하데.

"니는 누고?" 애린 왕자가 이바구 했데이. "참 이뿌네……"
"나는 미구라카눈데." 미구가 이바구해따. "여와가 내하고 놀자. 내가 마이 슬프거등……" 애린 왕자가 제안을 했눈데.
"난 니하고 놀 수가 엄따," 미구가 말했따. "난 질이 안들었다카이."
"아 미안테이." 애린 왕자가 이바구했다.
그라고 곰곰이 생각해 보고 이바구를 더했눈데
"'질들인다' 카는 기 먼 뜻인데?"
"니는 여 아가 아이구나." 미구가 이바구했데이. "니는 머 찾고 있노?"
"내사 사람들을 찾지. 애린 왕자가 이바구해따. "'질들인다' 카는 기 먼 뜻인데?"
"사람들이사 총 갖고 사냥하자나. 진짜 난감하다 아이가! 갸들은 닭도 키우제. 그기 유일한 낙 아이가. 니는 그래가 닭 찾나?" 미구가 이바구해따.
"아니." 애린 왕자가 이바구해따. "내는 친구들을 찾는다카이. '질들인다' 카는 기 먼 뜻이냐꼬?"
"그기는 마카다 까묵고 있는 긴데. 미구가 이바구해따. 그긴 '관계를 맺는다' 카는 뜻인데." "관계를 맺는다꼬?"
"하모." 미구가 이바구했다. "니는 여즉 내한테는 흔한 여러 얼라들하고 다를 기 없는 한 얼라일 뿐인기라. 그래가 나는 니가 필요없데이. 니도 역시 내가 필요없제. 나도 마 시상에 흔해빠진 다른 미구하고 다를끼 하나도 없능기라. 군데 니가 나를 질들이모 우리사 서로 필요하게 안되나. 니는 내한테 이 시상에 하나뿐인기라. 내도 니한테 시상에 하나뿐인 존재가 될 끼고……"

"인자 쫌 알 거 가따." 애린 왕자가 카데. "꽃 하나가 있는데…… 그 꽃이 나를 질들인 거 같데이……"
"그랄 수 있제." 미구가 이바구해따. "지구 우엔 밸 일이 다 있다 아이가……"
"음! 지구는 아인데." 애린 왕자가 주껠데이. 미구는 당황시러브면서도 호기심이 발동했따.
"그라믄 다린 별이란 말이제?"
"구래."
"그 별에 사냥꾼이 있나?"
"없능데."
"오 고거 좋네. 그라믄 닭은?"
"엄따."
"아, 시상에 완벽한 기는 엄나보네." 미구는 한숨을 푹 시는기라.
 그라고 미구는 지 생각을 다시 주껬다.
"내 생활은 단순테이. 내는 닭 쫓고, 사람들은 내를 쫓고, 닭은 다 그기 그기고, 사람들도 전신에 그기 그기고, 그래가 좀 지겨븐데. 니가 내를 질들이모 내 생활은 따신 햇빛을 받은 거 맹키로 환해지겠제. 따른 발자국 소리카는 완전 다르게 들릴 발자국 소리를 듣게 될 기다. 따른 발자국 소리를 들으모 나는 땅 미태 숨아삐는데. 니 발자국 소리는 음악문지로 내를 굴 밖으로 불러 낼끼라. 그라고 저짜, 밀밭 비제? 나는 빵을 안 묵어. 밀은 내한테 아무 소용도 엄꼬. 봐도 떠오르는 기 없다카이. 그래가 슬프데이! 그란데 니 머리카락은 금색이네. 그래가 니가 내를 질 들이모 깜짤 놀랄 일이 일어날 끼다. 밀도 금빛이 나이까 니를 떠올릴 거 아이긋나. 그래가 나는 밀밭에 스치는 바람 소리를 사랑하게 될끼고……"

미구는 입을 다물디 애린 왕자를 한참을 보는기라. "지발 내 좀 질들여도가." 미구가 이바구했다.

"그라고는 싶은데, 시간이 없다카이. 나는 친구들을 찾아야 하고 알아야 할 것도 많고."
애린 왕자가 대꾸했데이.

"지가 질들인 거만 알 수 있는 기라." 미구가 이바구했다.

"사람들은 인자 머를 이해할 시간이 없능기라. 미리 만들어진 거를 마카 상점에서 사자나. 그란데 친구를 파는 상점은 어디 있드나. 그래서 사람들은 친구가 없는 기라. 니가 친구를 갖고 싶다모, 내를 질들여도!"

"우째야 하노?" 애린 왕자가 말했따.

"참을성이 억시로 많아야 하는 기라." 미구가 대꾸해따.

"처음에는 내한테서 멀찍이 떨어져가 그 풀밭에 앉아 있그래이. 나는 곁눈질로 니를 볼라칼낀데, 니는 아무 말도 하지 마라. 말하모 오해가 생기니께. 그란데 맨날 쪼매씩 가까이 앉아도 된다카이."

담날 애린 왕자가 다시 왔그등.
"같은 시간에 왔으모 더 좋았을 낀데." 미구가 말했따. "예를 들모, 오후 4시에 니가 온다카믄 나는 3시부터 행복할끼라. 시간이 가믄 갈수록 나는 더 행복하긋제. 4시가 되모 나는 하마, 안달이 나가 안절부절 몬 하겠제. 내가 얼매나 행복한지 니한테 보여줄끼라.

예를 들모, 오후 4시에 니가 온다카믄 나는 3시부터 행복할끼라.

그란데 니가 아무 때나 오모, 언제 내가 마음의 준비를 해야할지 알 수 없으니까…… 의례가 필요하데이."

"의례는 먼데?" 애린 왕자가 이바구했따.

"그기도 마카다 까묵고 있는 긴데." 미구가 주겠다. "그기는 어떤 날을 다른 날과 다리게, 어떤 시간을 다른 시간과 다리게 만드는 기라. 예를 들모, 사냥꾼들 한테도 의례가 있는기라. 갸들은 목요일이면 마을 처자들캉 춤을 추거등. 그래가 목요일은 멋진 날 아이긋나. 나는 포도밭까지 산책할 수 있고. 만약에 사냥꾼들이 암 때나 춤춘다 케봐라 맨날 고 날이 고 날이고, 내한테는 휴가도 없능기라."

그래가 애린 왕자는 미구를 질들였데이. 그라고 작별할 시간이 다가오이 미구가 이바구했따.

"아…… 울끄 같데이."

"이기는 니 잘못이데이, 나는 니를 괴롭힐 맘이 없았는데, 니가 질들여 달라 해가……" 애린 왕자가 말했데이.

"하모, 그랬지." 미구가 이바구했따.

"니 지금 울라카네." 애린 왕자가 말했따.

"하모, 글치." 미구가 말했따.

"그라모 니가 얻은 기 하나도 없짜나!"

"와 얻은 기 없노. 저 밀밭 색깔이 있짜나." 미구가 말해따. 그람서 덧붙였데이.

"인자 장미들을 보러 가봐래이. 니 꽃은 이 시상에 하나뿐이라는 걸 알게 될끼다. 그라고 작별 인사하러 오모, 그 때 내가 선물로 비밀 하나 알레 줄꾸마."

애린 왕자는 장미들을 다시 보러 갔데이.

가는 꽃들에게 말했다.

"느그들은 내 장미캉 닮은 데가 하나또 없능기라. 느그들은 아직 아무것도 아닌기, 아무도 느그들을 질들이지 않아가 안 글라. 느그들은 옛날에 내가 미구를 첨 알았을 때랑 같은기라. 가는 수 많은 다른 미구들이캉 다를 게 하나도 없었능데, 내가 가캉 친구이까 인자는 이 시상에 하나뿐인 미구잉기라."

 장미들은 억수로 곤란했데이.

"느그들은 아름답지만, 텅 비어 있데이." 애린 왕자가 계속 주꼣다. "아무도 느그를 위해 죽을 수는 없을 기야. 물론 멋 모리는 행인은 내 장미도 느그들캉 비슷하다고 생각할 끼라. 그란데 그 꽃 하나가 느그들 다 합친거 보다 더 소중하데이, 내가 물 줬자나. 내가 바람막이로 바람도 막아줬지. 내가 벌 그지도 안 잡아 줬나. (나비 되라꼬 두 세 마리 살레준 거는 뺄꾸마.) 내가 불평도 들아줬지, 자랑질도 참아줬지, 가끔은 입 꾹 다물고 삐져도 다 받아줬다 아이가. 그기 다 가가 내 장미 라가 안 글나.

가는 풀밭에 엎아져가 울았데이.

그라고 가는 미구를 다시 만나러 갔다.
"잘 있그래이." 가가 말했따.
"잘 가그래이." 미구가 말해따.
"내 비밀은 이기다. 아주 간단테이. 맘으로 바야 잘 빈다 카는 거. 중요한 기는 눈에 비지 않는다카이."
"중요한 기는 눈에 비지 않는다쿠네." 애린 왕자는 기억할라꼬 되풀이해따.
"니 장미를 그마이 소중하게 만든 기는 니가 니 장미한테 들인 시간 때문아이가."
"내 장미한테 들인 시간 때문이데이." 애린 왕자는 기억할라꼬 되풀이해따.
"사람들은 이 진실을 이자뿟제." 미구가 말해떼이. "그니까 니는 잊으모 안된데이. 니가 질들인 거에 니는 끝까지 책임이 있으이. 니는 니 장미한테 책임이 있는기라……" "나는 내 장미한테 책임이 있다카이……" 애린 왕자는 기억할라꼬 되풀이해따.

22.

"안녕하신교." 애린 왕자가 말해따.
"오야." 철도원이 말해따.
"아재는 여서 머 하능교?" 애린 왕자가 물았데이.
"나는 여행자들을 천 명씩 묶아가 분류하고 있데이." 철도원이 이바구해따. "사람들을 싣고 가는 기차를 우짤 때는 오른쪽으로, 우짤 때는 왼쪽으로 보내는 일을 하제."

그 때 불을 환히 킨 급행열차가 천둥치듯이 우르릉거리모 철도원 경비실을 막 흔드는기라.

"저 사람들은 억수로 바쁜가 보네예." 애린 왕자가 이바구해따. "저 사람들은 멀 찾고 있능교?"

"기관사도 모리는데." 철도원이 말해따.

그러자 이번에는 반대쪽에서 불을 환히 킨 두 번째 급행열차가 우르릉거리모 오는기라.

"사람들이 하마 돌아오는건교?" 애린 왕자가 물았데이.

"같은 사람이 아인기라." 철도원이 대꾸했데이. "서로 자리를 바꾸는 기라."

"살던 데서 만족 모한건교?"

"사람들은 사는 데 만족하는 벱이 없다." 철도원이 이바구해따.

그러자 세 번째 급행열차가 불을 환히 키고 천둥소리를 내능기라. "이 사람들은 먼젓번 여행자들을 쫓아가능 건교?"

"이 사람들은 암것도 쫓아가지 안능데." 철도원이 말해따.
"그 안에서 잠 자는 기 아니모 하품이나 하는 기지. 얼라들만 유리창에 코 박고 있다카이."
"얼라들만 지들이 뭘 찾는지 알고 있능거라예. 인형이랑 놀문서 시간을 완전 잊아뿌자나예, 그래가 인형은 아주 중요한 것이 되는 거라예. 누가 그거를 빼앗으모 땡깡부리지 않는교……" 애린 왕자가 이바구했다.
"얼라들은 마 운 조쿠나." 철도원이 말해따.

23.

"안녕하신교." 애린 왕자가 말해따.
"안녕." 장사꾼이 말해따.
장사꾼은 목마르븐 걸 달래 주는 최신 신약을 파는 사람이었다쿠네. 일주일에 한 알만 묵으모 다시 목이 안 마릅다는기라.
"아재는 와 이런 걸 파닝교?" 애린 왕자가 말해따.
"시간을 음청 절약할 수 있다 아이가." 장사꾼이 이바구했다. "전문가들이 계산을 해보이 일주일에 53분을 절약할 수 있다쿠네."
"그라믄 그 53분까 뭘 할라꼬예?"
"지가 하고 싶은 걸 하지……"
"나라믄." 왕자는 속으로 생각했데이, "내가 고 53분을 씨야하모, 아주 천천히 옹굴자테로 걸어가야긋다……"

24.

 사막에서 뱅기 고장 난기 하마 8일째 되는 날이었데이. 나는 남은 물 한 방울 탈탈 털어 마시문서 장사꾼 이바구를 듣고 안 있었긋나.
 "아이고 야꼬!" 나는 애린 왕자테 주껬찌. "니 지난 이바구는 진짜 아름다븐데, 뱅기 여태까지 하나또 몬 고치고, 마실 물도 없제. 내도 마 아주 천천히 응굴자테로 걸어갈 수 있으모 참 조케따!"
 "내 친구 미구는……" 가는 내한테 이바구하데.
 "야야, 지금 미구 이바구 할 때가 아이라카이!" "와예?"
 "목 마르버가 죽을라카는데……"
 가는 내 설명을 이해 몬하고 이케 대꾸하는기라.
 "죽는다케도 친구 하나 가지모 좋은 일 아잉교. 지사 마 친구 미구가 있어가 기뿌다 아잉교……"
 '야는 얼매나 위험한지도 모리노.' 나는 그래 생각했따. '배고프지도 목 마르지도 않고 햇빛만 좀 있으모 야는 충분하다이……'
 구란데 가는 나를 보디 내 생각에 대꾸를 하는기라.
 "내도 목 마르븐데…… 응굴 찾으러 가시더……"
 나는 내키지 않은 티를 팍팍냈제. 이 광활한 사막에서 무대가리 물을 찾능다는기 말이 되나 안되나. 그란데 우리는 걷기 시작했데이.
 말 읍시 몇 시간을 걸으이, 어느 새 어둠이 깔리고 별이 반짝이데. 나는 목도 마리고 몸에 열도 있꼬 꿈인동 생신동 그 별을 바라봤제. 애린 왕자 이바구들이 머리 속에서 춤을 추능기라.

"그라믄 니도 목 마르나?" 가한테 물아봤제.
그란데 가는 내 물음에 대꾸는 안코 그냥 이케 카더라.
"물은 마음에도 좋데이……"
나는 그 대꾸를 몬 알아듣고 입을 고마 다물았지…… 가한테 멀 물어가는 안 된다.
가는 지쳐있데. 가가 복새 우에 주저 앉길래 나도 가 옆에 주저 앉았는데. 잠시 말이 없디 가가 문저 입을 띠따.
"별들이 아름답제. 볼 수 없는 꽃 한 송이 때메……"
나는 "하모." 라꼬 대답하고 달빛 아래 주름 짓고 있는 복새 엉뚝들을 말없이 바라봤제.
"사막이 아름답데이." 가가 이래 말하데.
맞다카이. 나는 늘 사막을 좋아했데이. 복새 엉뚝 우에 앉으모 암 것도 안 비고 암 소리도 안 들리이. 고잠잠한 가분데 빛나는 먼가가 있는기라.
"사막이 아름다븐 기는," 애린 왕자가 이바구했다, "어딘가 응굴을 숨기고 있기 때문이데이……" 나는 복새밭이 와 그래 신비롭게 빛나는 동 퍼뜩 깨달았데이. 어렸을 때 내가 오래된 집에서 살았는데. 전해 오는 이바구로는 그 집에 보물이 묻히있다카데. 물론 아무도 그 보물을 몬 찾았고 우짜믄 찾을라 하지도 않았던 거 같노. 그란데 그 보물이 우리 집 구직구직을 매력적으로 비게 맹글었데이. 우리 집은 깊숙한 데에 비밀을 감추고 있었던기라. "맞데이," 애린 왕자테 구케따. "집이나 별이나 사막이나 그거를 아름답게 하는 기는 눈에 비지 않은 건기라!"
"아재가 내 미구 맹키로 생각하이 와 이래 기쁘노." 가가 말해따.

가는 웃으모 줄을 만지디 도르래를 잡아땡겠따.

애린 왕자가 잠이 들어 가 나는 가를 품에 안고 다시 걸았데이. 나는 감동했데이. 뽀사지기 쉬븐 보물을 안고 가는 기분이 드는기라. 나는 달빛 아래서 그 창백한 마빡 하모, 감긴 눈, 바람에 흩날리는 그 멀꺼딩이를 보모 혼자 생각했다카이. "내 눈 앞에 비는 기는 아무것도 아이고 마 껍띠다. 가장 중요한 기는 눈에 비지 않는다……"

가의 반쯤 벌린 입수불에 살살 번지는 미소를 보모 나는 또 생각했데이. "잠든 애린 왕자가 나를 이래 감동시키는 기는 한 송이 꽃에 바치는 가의 헌신적인 애정 때문인기라. 요레 잠들었다케도 등불맹키로 빛나는 가가 있아가 환하게 빛나는 한 송이 장미꽃도 같이 비는 기라." 내는 가가 더 뽀사지기 쉽다카는 기를 알아차렜제. 등불을 잘 지켜야 한데이. 보송한 바람 한 번에 꺼질지도 모르이.

그라고 나는 이래 계속 걸어가가 동 틀 때 쯔음에 웅굴을 찾았다카이.

25.

"사람들은 서두르모 급행열차에 뛰들디 인자는 지들이 찾는게 먼지도 모리고 있제. 그래가 안절부절 모하고 뺑뺑 도는 기라……" 애린 왕자는 이바구해따.

그라고 이래 덧붙이는기라.

"그랄 가치도 없능데……"

우리가 찾은 웅굴은 사하라 사막 웅굴카는 다린기라. 사하라 사막의 웅굴이라 카는기는 모래 속에 파인 구딘데. 그 웅굴은 마을에 있는 거 문치로 생겼더라고, 군데 마을이라꼬는 눈 씻고 찾아바도 없는데 나는 꿈인가 켔다.
"희안하네." 애린 왕자에게 이바구했다. "다 있네. 도르래캉, 다래박이캉, 밧줄꺼정……"
가는 웃으모 줄을 만지디 도르래를 잡아땡겠따. 바람이 오래 잠자는 거 맹키로 열대 무풍지대를 지나모 낡은 풍향계가 삐걱거리거 맹키로 도르래도 끽끽 소리를 내데.
"아재 들리나." 애린 왕자는 이바구했다. "우리가 웅굴을 깨았디 웅굴이 노래를 부르네……"
나는 가한테 힘든 일 안 시키고 싶더라고.
"내가 할꾸마." 가한테 이바구해따. "니한테는 너무 무거블낀데."
나는 천천히 다래박을 웅굴 가세 돌띠까지 들어 올려가 넘어지지 않그로 올려놨데이. 내 귀띠 속에 도르래 노래가 메아리 치디 다래박에 찰랑대는 물 우에 해도 같이 찰랑그리고 있더라고.
"내 이 물 마시고 싶데이." 애린 왕자가 구카데. "마시게 해도……" 애린 왕자가 카데,
그 말에 나는 가가 찾던 기 뭔지 알았데이.
나는 다래박을 가 입수불까지 들어 올리따. 가는 눈을 감띠 마시데. 명절이나 되는 기처럼 즐거븐기라. 그 물은 보통 물이랑은 완전 딴판인기라. 그 물은, 별 빛을 받으모 걸어 온 발걸음캉 도드래 노래캉, 내 팔띠가 욕보고 태어난기니까네. 그 기는 선물 맹키로 맘을 흐뭇하이 맹글데. 내가 얼라였을 때도 클스마수 트리 불빛캉 자정 미사 음악캉 다정스르븐 미소들이 바로 내가 받은 클스마수 선물을 마법 맹크로 만들어 줬자나.
"아재네 별에 사는 사람들은 정원 하나에 장미를 5천 송이

나 키운다 아인교…… 그라믄서도 거서 가들이 찾을라카는 기를 찾지 몬하이……" 애린 왕자가 카데.
"찾지 몬하지." 내가 대꾸해따.
"그래도 가들이 찾는 기 장미꽃 한 송이나 물 한 모금에서 도 찾을 수 있을 낀데……"
"하모." 내가 대꾸해따.
그라고 애린 왕자가 덧붙이데.
"하지만도 가들 눈이 멀었으이 마음으로 찾아야 한데이."
나는 물을 마시따. 숨이 좀 개갑아지따. 사막은 동이 트모 꿀 색이 되거등. 나는 이 꿀색에도 행복을 느꼈다. 와 괜히 맘을 괴로피야 하노……
"아재는 약속을 꼭 지키야 한데이." 애린 왕자가 내자 테 부드럽게 카데. 가는 다시 내 옆에 앉았는데.
"문 약속?"
"알자나예…… 양한테 씌아 줄 허거리 말이시더…… 나는 그 꽃에 책임 있잖은교!"
나는 주미서 초벌만 기린 그림들을 꺼냈다. 애린 왕자는 그 걸 보고 웃으모 카데.
"이 바오밥나무들, 꼭 뱁추 같데이……"
"아이고예이!"
바오밥나무는 그리기 수바가 나름 만족하고 있았눈데!
"이 미구는…… 이 귀띠를 봐라…… 꼭 뿔 같응기…… 그라고 너무 길다!" 그라고 가가 또 웃으따.
"야야. 니 불공평하데이. 내가 그릴 줄 아는 기 속 비는 보아 뱀하고 속 안 비는 보아뱀뿌이거등."
"아! 갠찮다." 가가 카데. "얼라들은 다 알아보거등요."

나는 그래가 허거리 하나를 연필로 그리따. 그거를 애린 왕자자테 줄라카이 가슴이 메이더라카이.
"니 내한테 머 숨기고 있는 계획 있제……"
근데 가는 대답도 않고 이카데.
"있제, 내가 지구에 떨아진 게 내일이모 하마 1년인데……"
그라고 잠시 말이 없디 다시 입을 띠따.
"내가 떨어진 기 이 근처거등……"
그라고 얼굴을 붉했따.
다시 나는 이유도 모리게 이상한 슬픔 같은기 느껴지더라카이. 그라문서도 한 가닥 의문이 생겼데이.
"그럼 우연이 아이었구나? 여드레 전에 내가 니를 만난 날 아침, 사람들이 사는 땅에서 사방으로 수만 리나 떨어진 데를 니 혼자 그레 돌아댕긴 거 말이다. 니는 니가 떨어진 자리로 돌아가는 길이였제?"
애린 왕자는 다시 얼굴을 불키따.
그래서 나는 우물쭈물대모 물아봤지.
"1 년이 되가 그런 거제?"
애린 왕자는 다시 얼굴을 붉히따. 애린 왕자는 묻는 말에 절대로 대답을 안 하는 기라. 근데 얼굴을 붉히모 '글타' 카는 뜻 아이겠나?
"아이고야! 무섭그로." 내가 켔다.
구란데 가는 이케 대답하는 기라.
"아재는 인자 일해야잖은교. 기계 있는 데로 다시 가야하잖은교. 나는 여서 기다릴라니까. 내일 저녁땁에 오소……"
군데 나는 맘이 안 놓여가 마 미구가 떠올랐따. 지를 질들이게 하모 얼만큼은 울 준비를 해야되는 기라.

26.

 웅굴 옆에 무너지다만 낡은 돌담이 있았능데, 담날 저녁에 일 마치고 돌아오던 길에 멀리서 보이 애린 왕자가 그 우에 걸터앉아가 있데. 가가 누캉 머라카는 소리가 들리더라고.
"그래 니 기억 안나나? 바로 이 자리는 아인데!"
분미 가 말에 대꾸하는 딴 목소리가 있었데이. 애린 왕자가 다시 이래 대꾸하는 기라!
"아이다, 아이라카이! 날짜는 맞는데 장소는 여가 아이라카이……"
 내가 돌담자테로 쭉 걸어갔데이. 그 때까지 암것도 안 보이고 암 소리도 안 들리는기라. 구란데 애린 왕자가 다시 대꾸하데.
"…… 하모. 복새 우에 내 발짜우기 어데서부터 시작됐는동 보모 알기라. 거서 나를 기다리기만 하믄 된다. 내가 오늘 밤에 거로 갈꾸마."
 나는 그 때까지 담에서 한 20메다쯤 떨어져가 있었는데, 암것도 안 보이는기라.
 애린 왕자는 잠시 말이 없디 다시 머라캐샀는기라.
"니가 가진 독은 좋은 기가? 오래 아푸게 안 할 자신 있나?"
나는 가슴이 쪼여가 멈춰 서뻤다. 나는 그때까지도 먼 영문인지도 모리고 있았다.
"인자 니는 가봐라. 내려갈꾸마." 가가 카데.
그때서야 나는 담빼락 밑에 내다보고 시껍해째! 거, 30초 안에 물리모 바리 끝장나뿌는 노란 뱀 하나가 대가리를 쳐들고 애린 왕자를 째려보고 있능 거 아이굿나. 권총을 꺼낼라꼬 주

인자 니는 가봐라. 내려갈꾸마.

미를 뒤지모 뛰가이, 내 발소리에 뱀이 잦아드는 분수 문치로 스르르 복새 속으로 스미들디, 별로 서두르지도 않고야 쉿소리를 실실내디 돌 틈으로 쏙 숨아뻬대.

나는 담빼락 밑에 고마 눈맹크로 허여이 질린 내 꼬마 왕자를 뽀도시 품에 안을 수 있었다카이.

"우찌 된기고! 인자 뱀하고 이바구를 다 하고!"

나는 항상 변함없는 고 금색 목도리를 풀았데이. 나는 가 관자놀이를 싫게 주고 물을 미기따. 인자 가한테 암 것도 몬 물아보겠더라고. 가가 나를 심각하이 쳐다보디 두 팔로 내 목을 끌어 안더라카이. 가 가슴이 총에 맞아 죽어가는 새 맹크로 뛰는기 다 느껴지는 기라. 가가 카데.

"아재가 뱅기에 머가 고장 났는지 알아내가 참 기쁘데이. 아재는 집에 갈 수 있을 기야 ……"

"니가 그거는 우에 알았노!"

나는 뱅기 수리를 각제 성공했다꼬 막 칼라던 참이었눈데! 가는 내 물음에는 대꾸도 안코 카데.

"나도 오늘 마 내 집으로 돌아간데이……"

그라고는 슬프그로,

"훨씬 더 멀고…… 훨씬 더 에럽게……"

나는 뭔가 심상찮은 일이 일나고 있다고 느꼈능데. 나는 가를 얼라처럼 끌어안고 있아도 내가 우찌 붙잡아 볼 수도 없이 깊은 구디 속에 빠져가 떨어지는 거 맹키로……

가는 심각한 얼굴로 생각에 빠져있데.

"나는 아재가 준 양이 이꼬, 양 넣을 상자도 있고, 또 허거리도 있고……"

그라고 가는 슬프게 웃데.

나는 한참을 기다맀지. 가 몸이 쪼매식 따뜻해는 기 느껴지더라꼬.

"야야, 니 무서벘제……"
하모, 가는 무서벘다! 구란데 가는 상냥하이 웃으모 카데.
"오늘 밤이 훨씬 더 무스블 기라……"
 인자는 진짜 돌이킬 수 없다는 느낌에 마 오싹했다카이. 그라고 이 웃음소리를 다시는 들을 수 없다는 생각에 내가 힘겨버한다는 거를 그 때 깨달았다. 가 웃음소리는 내한테 사막 응굴카 같았그등.
"소중한 내 친구야, 니 웃는 거 다시 듣고싶노……"
구란데 가는 내한테 카데.
"오늘 밤이모 꼭 1년이데이. 내가 떨어졌던 바로 그 자리 우에 내 별이 나타날 기라……"
"야야, 그게 다 못된 꿈 아이가? 뱀 이바구니, 뱀하고 약속이니, 별 이바구니……"
구러나 가는 내 물음에 대꾸는 안코 이카데.
"중요한 기는 눈에 비지 않는다쿠네……"
"하모……"
"꽃도 글코. 아재가 어떤 별에 있는 꽃 하나를 사랑한다고 해보모, 그라문 밤에 하늘만 봐도 아늑해지제. 모든 별이 다 활짝 피자나."
"하모……"
"물도 글코. 아재가 마시게 해 준 물은 먼 음악 가탔눈데, 도르래캉 밧줄이캉…… 그것들 때문이야…… 아재도 생각나제…… 참 좋았눈데."
"하모……"
"아재는 밤에 별을 쳐다 보겠제. 내 별은 너무 작아가 어디 있는동 갈키 줄 수는 없능데. 아재한테 모든 별 가분데 한 별이니까. 구라문 어느 별을 바도 다 좋겠제. 어느 별이나 다 아재 친구잉기라. 그라고 아재한테 선물 하나 주께……"
 가는 다시 웃았따.
 "아! 친구야, 니 웃음소리를 다시 듣고 싶데이."
 "바로 이게 내 선물인데…… 물 같은 긴데……"
 "먼 말을 하는 거고?"
 "사람들자테 별이라케가 다 똑같은 별은 아니자나. 여행하는 사람들자텐 별이 지도고, 어떤 사람자텐 희미한 빛에 지나지 않을 거고. 학자들은 별이 문제라 카겠지. 내가 만난 사업가자테는 별이 황금이겠꼬. 구러나 별은 말이 없으이. 아재, 아재가 보는 별은 다른 사람들하고 좀 다를 기라……"
 "먼 말을 하는 거고?"
 "아재가 밤하늘을 바라보모, 내가 그 별 중에 어느 별에 살고 있고, 내가 그 별들 중에 어느 별에서 웃고 있을 테이까, 아재는 별이 마카 웃고 있는 기로 보일 기야. 아재는 웃을 줄 아는 별을 가지는 기지!"
 그라고 가는 또 웃데.
 "그라고 아재가 편안해지모(항상 평안은 다시 찾아오니까) 내를 만났다능 게 기쁠거라. 아재는 항상 내 칭구고, 내캉 웃고 싶겠지. 그라고 가끔 이케 기분전환 할라고 창문을 열기라. 그라모 아재 친구들은 아재가 하늘을 보모 웃는 걸 보고 깜짝 놀랄 기라. 그라문 아재는 이케 말하겠제. "그래, 나는 별을 보모 늘 웃음이 나데!" 그라문 아제보고 다린 사람들이 미쳤다 카겠제. 내가 아재한테 심한 장난을 친그 같은데……" 그라고 가는 또 웃데.
 "별 대신 웃을 줄 아는 작은 종을 한 모디 갖다 준기나 같을 기야."

그라고 가는 또 웃대. 가가 다시 정색을 하디.
"오늘 밤은…… 있잖은교…… 오지 마래이……"
"나는 니 젙을 떠나지 않을껀데."
"내가 아파하는 거처럼 보일 건데…… 우짜믄 거의 죽는 거 문키로 빌건데. 그런기다. 그걸 보러 오지 말라꼬, 그럴 필요가 엄서가……"
"나는 니 젙을 떠나지 않을껀데."
 가가 걱정하데.
"내가 이런 말을 하는 기는…… 뱀 때문이라카이. 아재가 물리모 우짜노…… 뱀은 심술이 고약해가. 장난삼아 확 물아뿔지도 모리는데……"
"나는 니 젙을 떠나지 않을낀데."
 그러나 먼가 가는 안심이 되는 모양인동.
"하기사 두 번째 물 때는 독이 없다카이……"

그 날 밤 나는 가가 떠나는 거를 보지 몬 했따. 가는 소리도 없이 빠져나가뿌대. 가를 따라잡았을 때 가는 망설이지도 안코 빠른 걸음으로 쪼차 걷고 있더라고. 가는 이켔다.

"아! 아젠교……"

그라고 가는 내 손을 잡디, 또 걱정을 하대.

"아재는 잘못한 기라. 맘이 아플 긴데. 내가 죽는 거 맹키로 비겠지만 정말 그런 거 아니라카이……"

나는 암 말도 몬했지.

"아재도 알 기다. 건 너무 멀다카이. 이 몸띠를 갖고 갈 수 없아가. 너무 무거버서."

나는 암 말도 몬했지.

"구러나 그긴 벗어 놓은 낡은 껍띠라카이, 낡은 껍띠가 슬픈 건 없잖은교……"

"참 포근하긋제. 아재도 알제. 내도 별들을 볼 긴데, 별들이 마카 녹슨 도르래를 달고 있는 웅굴이 될 기라. 별들이 전신에 내한테 마실 물을 붓는기라……"
 나는 암 말도 못했지.
 "정말 재밌을 긴데! 아재한테 작은 종이 5억 개나 있고 나는 샘이 5억 개나 있는거 맹키로……
 그라고 가도 말이 없데. 울고 있더라카이."
 "여기라예. 지 혼자 걸을라고예."
 그라고 가가 주저앉았따. 무서벘던 기라. 가가 다시 이카데.
 "알제…… 내 꽃…… 나는 책임 있데이! 거다가 꽃은 약하제! 그래 순진하고, 시상카 맞서 제 몸을 지킨다는 기 가시 네 개가 다다……"
 나도 더 이상 서 있을 수 없아가 주저 앉았는데 가가 구카데.
 "그래서 인자 다니더, 여기라예."
 가는 또 잠깐 망설이디 다시 일어섰데이. 가가 한 걸음 내딛으이, 나는 움직일 수가 없었다.
 가 발목에 머 노란 기 반짝하는 기 단기라. 가는 잠깐 움직이지도 안코 서 있디, 비명도 안 지르데. 가는 나무 자빠지듯이 천천히 꾸불어졌데이. 복새밭이라 소리도 엄서따.

27.

 하마 6년 전 일이 됐뿐네…… 나는 이 이바구를 아무자테 아직까지 해 본적이 엄따. 나를 다시 만난 칭구들이사 내가 살아 왔다꼬 음청 기뻐 했는데, 나는 슬펐지만 가들한테 "그냥 피곤해가 글타……" 켔지.

가는 나무 자빠지듯이 천천히 꾸불어졌데이.

인자 좀 편안해지나 싶아도 안 그런기라. 나는 가가 지 별로 돌아갔다카는 걸 잘 알고 있다. 해 뜰 때 보이 가 몸띠는 하마 사라지고 없데. 그래 무거븐 몸띠도 아니었거든…… 인자 나는 밤에 별 소리 듣는 거를 좋아한다. 별들은 5억 개 작은 종 문지로 울리는 기라.
 구란데 엄청난 일이 일났데이. 애린 왕자테 그래준 허거리에 깜박하고 가죽끈을 안 달아 줬네! 그걸 양한테 씌아 주지는 못 했을 낀데. 그래가 나는 속으로 생각했지. '가 별에서 먼 일 난 건 아닝가? 우짜믄 양이 하마 꽃을 묵았을지……'
 가끔 이케도 주껜다. "그럴 리 엄따! 애린 왕자는 밤마다 꽃을 유리 덮개 밑에 잘 여 두고 양을 단디 감시할 기다……" 그라모 나는 행복해진데이. 그라믄 별들이 마카 조용히 웃는다.
 가끔 이케도 주껜다. "우짜다가 정신줄 놓을지도 모리는데. 그라믄 끝장아이가! 하루 저녁 유리 덮개를 까묵거나 밤중에 양이 소리 읍시 빠져나가모……" 그라믄 작은 종들은 마카 눈물로 변한데이!
 이긴 큰 수수께끼다. 애린 왕자를 사랑하는 여러분들하고 내하고 알지 몬 하는 어떤 양이 알지 몬하는 어데서 장미 한 송이를 묵나 안 묵나에 따라 천지가 전신에 달라지이……
 하늘 좀 보소. 그라고 맘 속으로 물아보소. 양이 그 꽃을 묵았을까, 안 묵았을까? 그라믄 마카 우찌 달라질지 알게 되기라……
 구란데 어느 으른도 이게 이마이 중요하다는 걸 이해하지는 몬 할끼라!

이기 내한테 이 시상에서 가장 아름답고 가장 슬픈 풍경이데이. 앞 풍경카 같지만도, 여러분자테 똑띠 보여줄라꼬 이길 다시 한 번 기렜따. 애린 왕자가 이 땅에 나타났다가 사라진 곳이 바로 여긴기라.

  한 날 아프리카 사막을 여행하게 되모 이 곳을 학실이 알아보그로 이 풍경을 자배자배 바둬래이. 그라고 여를 지나게 되모 절대 서두르지 말고 바로 별 아래서 좀 기다리바라! 그 때 한 아가 여러분자테 다가오모, 가가 웃고, 가 머리가 금발이고, 멀 물아바도 가가 대답하지 않으모, 가가 눈지 여러분은 잘 알끼라. 그 때는 마 친절하게 대해 주래이. 이마이 슬퍼하는 나를 냅두지 말고, 퍼뜩 편지를 보내도. 가가 돌아왔다믄서……

»Le Petit Prince« — Edition Tintenfaß

#	Title	Language
1	Malkuno Zcuro	Aramaic
2	Zistwar Ti-Prens	Morisien (Mauritian Creole)
3	Mały princ	Hornjoserbsce (Obersorbisch)
4	Amiro Zcuro	Aramaic (Syrisch)
5	Der glee Prins	Pennsylfaanisch-Deitsch
6	Lisslprinsn	Övdalsk°
7	Y Tywysog Bach	Cymraeg (Welsh)
8	Nj́iclu amir̩ rush	Arm̩ neashti
9	Koˮnay Shahzada	Pashto (Afghan)
10	Daz prinzelîn	Mittelhochdeutsch
11	˙e litel prynce	Middle English
12	Am Prionnsa Beag	Gàidhlig (Scottish Gaelic)
13	Li P'tit Prince	Walon
14	Mali Kraljiˮ	Na-našu (Molise Slavic)
15	De kleine prins	Drèents – Nedersaksisch
16	ˆazadeo Qıckek	Zazaki
17	Dher luzzilfuristo	Althochdeutsch
18	Die litje Prins	Seelterfräisk (Saterfriesisch)
19	Di latje prins	Frasch (Nordfriesisch)
20	De letj prens	Fering (Nordfriesisch)
21	Chan Ajaw	Maaya T'aan (Maya Yucateco)
22	El' Pétit Prince	Picard
23	Be þam lytlan æþelinge	Old English (Anglo-Saxon)
24	U principinu	Sicilianu
25	Ten Mały Princ	Wendisch (Dolnoserbski)
26	El Princhipiko	Ladino (Djudeo-Espanyol)
27	Ël Pëtit Prˉce	Picard borain
28	An Pennsevik Byhan	Kernewek (Cornish)
29	Lou Princihoun	Prouvençau (Provençal)
30	Ri ch'uti' ajpop	Maya Kaqchikel
31	O Prinçipìn	Zeneize (Genovese Ligure)
32	Di litj Prins	Sölring (Sylter Friesisch)
33	Al Principén	Pramzàn (Parmigiano)
34	Lo Prinçonet	Lemosin (Okzitanisch)
35	Al Pränzip Fangén	Bulgnaìs (Bolognesisch)
36	El Princip Piscinin	Milanese
37	El Principe Picinin	Veneto
38	Ke Keiki Ali'i Li'ili'i	ʻŌlelo Hawaiʻi (Hawaiian)
39	Li p'tit prince	Lîdjwès (Liégeois)
40	Li P'tit Prince	Wallon central (d' Nameur)
41	Prispinhu	Lingua berdiánu
42	Lu Principeddhu	Gaddhuresu (Gallurese)
43	Te kleene Prins	Hunsrik (Brasil)
44	El mouné Duc	Beurguignon (Bourguignon)
45	Rey Siñu	Kriyol di Sicor (Kasamansa)
46	Tunkalenmaane	Soninke
47	•‒•• / •‒•‒••‒•‒••	Morse (Französisch)
48	Lu Principinu	Salentino
49	El Princípén	Pesarese – Bsarés
50	De kläne Prinz	(Kur-)Pfälzisch
51	De kloine Prinz	Badisch (Südfränkisch)
52	Der kleine Prinz / Le Petit Prince	Deutsch / Französisch
53	De klääne Prins	Westpfälzisch-Saarländisch
54	Èl pètit Prince	Lorrain – Gaumais d'Vîrton
55	Der kleyner prints / Le Petit Prince	Yidish / Frantseyzish
56	Lè Ptyou Prinso	Savoyard
57	Al Principìn	Mantovano
58	Ṯée̱lény Ṱo̠kkwó̠rò̠ny	Koalib (Sudan)
59	Ru Prengeparielle	Molisano
60	˙e Little Prince	English
61	Ol Principì	Bergamasco
62	De Miki Prins / Le Petit Prince	Uropi / Franci
63	Ksi° żę Szaranek	Dialekt Wielkopolski
64	Da Small Pitot Prince	Hawaiʻi Pidgin
65	↓⋿⋎ ⋌↑↓⋎⋌ ⎕フ1ᘉᴧイ	Aurebesh (Englisch)
66	Morwakgosi Yo Monnye	Setswana
67	El Little Príncipe	Spanglish
68	Kaniyaan RaajakumaaraH	Sanskrit
69	Er Prinzipito	Andalú
70	Lo Pitit Prinço	Patois Vaudois
71	Li juenes princes	Ancien français
72	De klaan Prìnz / Le Petit Prince	Stroßbùrjerisch / Frànzeesch
73	Igikomangoma mu butayu	Kinyarwanda
74	˙e Wee Prince	Scots
75	𓂀𓊨𓉔𓏏𓇌 / Le Petit Prince	Ancien égyptien / français
76	Le Pice Prinz	Ladin (Val Badia)
77	Der klane Prinz	Wienerisch
78	Lo Pti Prins	Welche
79	Da klayna prints	Varsheva idish
80	Ndoomu Buur Si	Wolof
81	Маленький принц / Le Petit Prince	Русский / français
82	De klä Prinz	Hunsrücker Platt
83	Qakkichchu Laaha	Kambaata
84	Le pëthiòt prince	Guénâ (Bresse louhannaise)
85	Deä klenge Prenz	Öcher Platt (Aachen)
86	Il Pìssul Prìncipe	Furlan ocidentàl (Friaul)
87	Mozais prinçs	Latgalīšu volūda (Latgalian)
88	A† Picin Prinsi	Patois tendasque
89	De lüttje Prinz	Oostfreesk Platt
90	Ko e Kiʻi Pilinisiˮ	Lea Faka-Tongaˮ (Tongan)
91	Den lille prins	Synnejysk
92	Pytitel Prˉs	Kumaniˊ
93	Der kleine Prinz	Deutsch (Fraktur)
94	El Principe Niño	Zamboangueño Chabacano
95	Kiˮi Bij̇ˮiek	Karaim
96	ᛒᛗ ᛚᚫᛗ ᚱᛖᛁᛏᛁ ᚠᛚᛖᛗᛁᛉᛗ	Anglo-Saxon Runes
97	Tiprens	Kreol Rodrige
98	الأمير الصغير	Arabic (Iraqi Baghdadi dialect)
99	Dr gleene Brinz	Sächsisch
100	الأمير الصغير / ˙e Little Prince	Arabic (Emirati) / English
101	הנסיך הקטן / Le Petit Prince	Hébreu / français
102	Dr kluane Prinz	Südtirolerisch
103	Lé P'tit Prince	Normand
104	D'r kléine Prénns	Öupener (Eupener) Platt
105	Il Piccolo Principe	Italiano
106	˙e Leeter Tunku	Singlish
107	El Prinzipin	Ladin Anpezan
108	U Prengepene / Il Piccolo Principe	Frentano / Italiano
109	Da kloa Prinz	Bairisch
110	De klaane Prinz	Hessisch
111	De Kleine Prinsj	Oilsjters
112	De Klein Prinz / D'r Kläin Prìnz	N'alemannisch / U'elsässisch
113	De Pety Präingjss	Bolze / Bolz
114	Dor klaane Prinz	Arzgebirgisch
115	Yn Prince Beg	Gaelg / Manx
116	Der kleine Prinz	Deutsch
117	Le P'tit Princ'	Patouaïe d'Nâv' (Navois)
118	Le Pitit Prince	Patoa de Feurçac (Fursacois)
119	Prinxhëpi i vogël	Arbërisht
120	Dr chlei Prinz	Alemannisch
121	Litli Prinsen	Nynorn
122	Da kluani Prinz	Hianzisch
123	De klee Prinz	Vogelsbergerisch
124	Le P'tit Prince	Drabiaud (Drablésien)
125	애린 왕자	Gyeongsang-do dialect
126	De Klaane Prins	Gents
127	De Klaaine Prins	Brussels Vloms (Bruxellois)

© 2020 Edition Tintenfass
Neckarsteinacher Strasse 7
69239 Neckarsteinach
Germany